橡子豆腐

冰心儿童图书奖获奖作家作品

金 波／著

中国书籍出版社

图书在版编目（CIP）数据

橡子豆腐 / 金波著. —北京：中国书籍出版社，2018.3
ISBN 978-7-5068-6813-6

Ⅰ.①橡… Ⅱ.①金… Ⅲ.①小小说—小说集—中国—当代 Ⅳ.①I247.82

中国版本图书馆CIP数据核字（2018）第062739号

橡子豆腐

金 波 著

丛书策划	牛 超 蓝文书华
责任编辑	牛 超
责任印制	孙马飞 马 芝
封面设计	天下装帧设计
出版发行	中国书籍出版社
地　　址	北京市丰台区三路居路97号（邮编：100073）
电　　话	（010）52257143（总编室）　（010）52257140（发行部）
电子出箱	eo@chinabp.com.cn
经　　销	全国新华书店
印　　刷	北京一步飞印刷有限公司
开　　本	710毫米×1000毫米　1/16
字　　数	220千字
印　　张	12
版　　次	2018年6月第1版　2018年6月第1次印刷
书　　号	ISBN 978-7-5068-6813-6
定　　价	32.00元

版权所有　翻印必究

目录
CONTENTS

橡子豆腐…………………………………………………001

妈妈的眼泪像河流………………………………………004

大哥的转笔刀……………………………………………007

童年的火炮………………………………………………010

叫李林的朋友……………………………………………013

还手帕……………………………………………………016

至爱无言…………………………………………………019

将军和放牛郎……………………………………………022

永远的账单………………………………………………024

野菊花……………………………………………………026

父　亲……………………………………………………029

背书的女孩………………………………………………032

知　识……………………………………………………035

兔妈妈的困惑……………………………………………038

被捉弄的猫………………………………………………041

把　关……………………………………………………044

金丝猴风波………………………………………………047

有个亲戚当大官…………………………………………049

三十年后再重逢…………………………………………052

香　炉……………………………………………………055

最后一片野果林·····················058

打银枝···························061

瞧家儿···························064

主任丢了一把锹·····················067

人情世故···························069

收了一兜礼···························073

放声痛哭···························077

虚　惊···························080

当了一回总经理·····················082

妻从乡下来···························085

面　瓜···························088

半彪子···························091

防　贼···························094

逃　票···························097

一瞪之仇···························100

Fans····························103

出　书···························106

打劫记者···························109

新闻发布会···························112

搔痒痒···························115

发泄对象···························118

你是一头zhu·····················121

洋　酒···························125

冒牌货···························128

推　销···························131

新兴职业……………………………………………………………134

热心的大夫…………………………………………………………137

售后服务一条龙……………………………………………………141

倒请客………………………………………………………………144

冷漠时代……………………………………………………………146

出租时代……………………………………………………………150

电话时代……………………………………………………………153

汽车时代……………………………………………………………157

电器时代……………………………………………………………160

数字时代……………………………………………………………163

网络时代……………………………………………………………166

明星时代……………………………………………………………170

广告时代……………………………………………………………174

短信时代……………………………………………………………177

寂寞时代……………………………………………………………181

焦虑时代……………………………………………………………184

浮躁时代……………………………………………………………187

宠物时代……………………………………………………………190

包装时代……………………………………………………………194

橡子豆腐

童年时正赶上困难时期。母亲有病，一直卧床不起，几张嘴全靠父亲的一双手去填，日子是可想而知的。一年到头，天天青菜稀粥，喝得满屋比赛响。万一来了客人，就将就着花生、黄豆、时菜打发，想吃肉、闻豆腐，等过年吧。

一日，是个秋黄天，六岁的我玩罢归屋，忽闻厨房里飘出一股异味，使劲一闻，满鼻子生香。顺着香气进了厨房，掀开灶上的盖碗，原来里面盛着两块豆腐，顿时眼睛放亮，哈喇子哗啦便淌。使手抠出一块填进嘴里，来不及细嚼便顺喉而下。此时，懵懂的我，不知道一向很少赶集的父亲何以突然买了常年不曾谋面的"高档"食品，也不知道这种偷吃行为会带来什么后果，只感觉一旦食欲被豆腐撩动，那手便控制不住，三下五除二，其中的一块不一会儿就给狼吞虎咽造光了。

不料父亲悄然进屋，一下子将我的所作所为尽收眼底，顿时那张乌脸便变了样儿，也不言声，顺手摸根细棍子，咬着牙，劈头便抽，那惊天动地的嘶嚎声立马从我还没咽完豆腐的嗓子眼里飞出来。

哭声惊动了已分开单过的七十八岁的爷爷。爷爷扶着拐杖，跌跌撞撞地跑进来，见此情景，颤颤巍巍地吼一声："不许打！"然后一头朝父亲怀里撞去。

父亲始料不及，后退几步，却还不服气，指着盖碗说："你还护着他，你瞧，那是款待先生的豆腐呀。先生来给他娘看病，亏待了人家，能开真方吗？我怎么养了这么个好吃的祸害啊！"说着，眼泪就流到了那张气歪了的嘴上。爷爷见状，气便消了一大半，道："孩子虽然不对，但他不懂事。你没有把东西藏紧实，也有责任。"转身又瞅着满脸泪痕的我，将我拉回他的小屋，手不住地摩挲着我的被抽得发烫的头皮，一边重重地叹着气……

第二天，爷爷"失踪"了，爷爷的门上了锁。没有任何人知道爷爷的去向。父亲猜测，莫不是到山里头的大姑姑家去了？

几天后，爷爷终于一瘸一拐地回来了，手和脸上挂满了被蒺藜狗子"咬"破的痕迹。这时天已晚了，爷爷扶着拐杖，手里挎着一只篮子，累得满头大汗，但脸上却抖动着笑，说："我到山里头打了几天橡子，换了几斤橡子豆腐。唉，那山里头家家户户都在打橡子豆腐呢。"我跑过去掀开爷爷的篮子，望着那几块猪血一样的橡子豆腐，问："爷，橡子豆腐好吃吗？"爷爷说："好吃好吃，是爷爷专门给你弄的呢，你尝尝。"爷爷掰了一小块塞进我嘴里，问："啥味？"我连着口水一起吞下去，却尝出了满嘴的苦涩，不由得伸出舌头。爷爷哈哈大笑，道："橡子豆腐要脱涩才好吃呢。赶明日，爷给你好好涮一涮，你不爱吃豆腐吗？就让你吃个够。"

当天晚上，我就幸福地睡在爷爷的床上，并且做了一个梦：爷爷正把一块块香喷喷的橡子豆腐往我碗里送呢。

次日天明，我被爷爷的一声怪叫惊醒。原来，爷爷干完生产队的早活回来，发现放在盆里的橡子豆腐不见了，不由得大吼了一声。这时父亲进来，打着笑脸说："爹，早上你不在，我将橡子豆腐送到集上卖了，好卖呢。"爷爷一听，脸刷地变了色，花白的山羊胡子骤然竖了起来，转身就去摸拐杖。父亲吓了一跳，不想爷爷会生这么大的气，连忙跪在地上哀求道："爹，您听我说，卖的钱都抓了药。先生开的药方，好几天没钱去抓呀。我没办法，您总不能看着孩子他娘病死吧。"

爷爷盯着跪在地上的已经五十多岁的儿子，慢慢地放下了那高高举起的拐杖，没有说话，良久，牛也似的喟叹一声，混浊的老泪大滴大滴地落下来。

我从床上爬起来，一把搂住爷爷，一边摇一边说："爷，你莫哭，我不吃橡子豆腐；爷，橡子豆腐一点也不好吃。"

爷爷紧紧地搂住了我，手不停地抚摸着我的头顶，嘴里止不住地呜咽着。那颤颤的手掌在我的头上轻弹着一股股热流，传送到我的心间，幼小的我，眼前竟也模糊起来……

——唉，我那早已辞世了的敬爱的老祖父啊！

妈妈的眼泪像河流

那年是大灾荒之后的一个难得的风调雨顺的好年景，田野上绿油油的庄稼荡漾着希望的绿涛。而在这之前，却是连年的干旱，庄稼在白花花的太阳下一片枯黄，收成寥寥无几，劳累一年的农民们除了流汗还流泪，野蒿和山猪菜都吃光了，米汤熬榆树叶是最好的午餐。

不幸的小弟就是在这个不该出世的年头出世了。小弟长到四五岁了，还不知奶水是甜的还是酸的，小弟一出世就与米汤结下了深缘，所以人长得大脑袋、小个子，说话像个小鸭公，活脱脱一个"小萝卜头"。也许是严重营养不良吧，小弟偏爱吃蛋白质含量高的食物。那时，吃鸡蛋是不可能的，所以最能满足小弟食欲的是晚秋种下的最易生长的那种弯豆。

由于严重的干旱，农民们都忙于主要粮食作物——水稻的抗旱，对其他的作物一概听天由命。好在妈妈在自留地里种了一块弯豆，每天从三四里远的小河沟里挑水浇灌，弯豆才得以存活，在每年的春夏之交最缺粮的时候派上用场。

那真是一个意想不到的好年景，南风一吹，春雨就淅淅沥沥地飘洒下来，把生产队的弯豆园滋润得豆苗青青、丰收在望，把庄户人紫黑色的脸庞也滋润得红扑扑的，是充满希望的喜色。为了防备有人偷豆，生产队派人日夜守护着。

可惜的是，由于上年没有留种，妈妈没能在自留地上种上弯豆。五岁的小弟每天都站在生产队的弯豆园里呆望良久，把手指塞进嘴里，任口水哗哗地淌下来。然后小弟找到妈妈，小鸭叫似的说："妈妈，我要吃豆。"

看着小弟枯瘦蜡黄的小脸蛋，妈妈的心要碎了。于是，妈妈便做了一件令她一生后悔的蠢事——偷摘生产队的弯豆。

为了实行自己的计划，妈妈在晚上哄小弟睡着之后，就笨拙地出发了，她知道有人看守，就蹲在弯豆园不远处的臭水沟里寻找机会。看青的人在豆园四周走来走去，直到天快亮时才坐下来打盹。一夜未合眼的妈妈便趁这个空当下了手。

可是，当妈妈刚把自己的两只衣袋装满，便撞上了来"换防"的人，于是妈妈顷刻间便成了人人皆知的"偷豆贼"。队长忍无可忍，天一亮就开批斗会。妈妈被押到台中央站着，腰弯得像龙虾。一些群众也气愤不已，那可是大灾之后全生产队二百来号人口的救命粮啊，于是纷纷站起来发言，痛斥妈妈是个"黑心贼"。无地自容的妈妈恨不能钻进老鼠洞。末了，妈妈还被扣除了一百多个工日的全部工分。

那年头，"贼"是非常丑恶的名声。妈妈偷豆不成赔进老本，无脸见人，每天干活都离大家远远的，低下头不与任何人说话。

分弯豆那天，盼望已久的妈妈提着布袋，低眉顺眼地跟人去了，却没有分到她希望的那样多。这年的弯豆是按人头和工分相结合来分配的，妈妈因为没有工分了，只分得人头数，数量很少很少，妈妈一言未发，默默无声地离开走了。

妈妈把弯豆拎回家，先给小弟煮了一碗。小弟像个小馋猪，一个不落的全吃光了，末了伸出小手还要吃。妈妈的眼泪就下来了。

妈妈认定是她的过错铸成了这个本不该让小儿子挨饿的结局，这个过错难以原谅。晚上，大人们都到生产队的仓库里开会去了，妈妈没去，而是搂着小弟哭了一回又一回。妈妈在酝酿着自己的计划，这个计划令小弟长大后一提起就心碎：妈妈想用死来省下弯豆留给小弟……

哭过了，妈妈就把白天分得的弯豆分成七份，家里的人每人一份，用小袋子分别装好。妈妈把两份绑在一起，对小弟说：

"乖，明日告诉你爹，妈妈和乖的豆在一起，都给乖吃。记住没？"

"嗯。"小弟说。

妈妈把小弟抱起来，眼泪又吧嗒吧嗒地掉下来，哽咽地说："乖，有妈妈的一份，你就够吃了，就能熬到秋后。今年年景好，秋后红薯接上了，就又有吃的了，就饿不死乖。"

妈妈清清嗓子，又叮咛说："乖，过了年，你就六岁了。六岁的孩子就能自个儿顾自个儿了。你哥你姐六岁就放牛，你过了年也放牛。"

小弟没有反应，小弟含着妈妈干瘪的奶头，不知不觉睡着了。妈妈又哭，在小弟的小脸蛋上亲了又亲，把浑浑的泪水滴在小弟的脸上。

妈妈把小弟放在床上，用被子盖好，说："我的乖，往后靠你自个儿了。妈妈不想死，可妈妈没脸活。妈妈活着还不如死。"说完，妈妈边流泪边往厢房里走。厢房里已挂好了绳子。

刚把绳子挂在脖子上，妈妈又松了手，又回到小弟睡的房里去了，妈妈还是舍不得小弟。妈妈亲小弟的脸，说："乖，往后要听爹的话……"哽咽得再也说不下去了。

妈妈正要往厢房里去，这时门外突然响起了狗叫声和大人们的脚步声。门被推开了，妈妈扭头一看，是队长，还有生产队的父老乡亲，一人手里捧着一把弯豆。队长笑呵呵地说："乖他妈，刚才大家伙儿商量了，你今年并没有少干，咋能少你的豆子？那天斗你是在气头上。眼看今年是个好年景，快来接豆……"

妈妈感到太意外了，妈妈张大嘴巴一句话也说不出。这时，小弟醒了，哇哇地叫着妈妈。妈妈便扑过去，放声痛哭，说："乖，咱有豆吃了。乖，妈妈不死了，真的不死啊……"

那一刻，妈妈的眼泪就真像小河一样流淌着……

大哥的转笔刀

田地承包的那一年，我捷足先登，承包了生产队的一片荒山。我打算签五十年合同，把它变成花果山。正当我雄心勃勃准备大干一场时，大哥抱着烟袋来了，在我面前一阵好坐，一个劲儿夸我有眼力，有本领，看得远，说那片山自己早就想包哩，就是没有我的手快；还说他打算在山上栽板栗树，七八年后就能挂果见效益，到那时，人老了，两个侄子也长大了，该娶媳妇了，而有了那些板栗树，还愁个啥呢？……说来说去，他是想要。

明白了大哥的意思，我真有些生气，心说大哥你真自私啊。但这气又生不出来，只好沉默。三天后，一位同学邀我进城捞世界，于是我咬了咬牙，放弃了承包权，只身一人离开了家乡。

……若干年后，我没有捞到世界，垂头丧气地回了家。这时，大哥已经是富甲一方的大果农了，盖了楼房，买齐了家电，看上去越活越年轻，而两个侄子也娶到了如花似玉的美媳妇，令人好生艳羡。我前脚进门，大哥就跟来了，手里提着一大包贵重礼品，尽是好烟好酒，说是要陪我喝两盅，感谢我当年转让了承包权。

喝着喝着，大哥突然笑起来，是那种苦笑。大哥说："老五，大家都说我之所以有了今天，全是因为你，说我欺负你老实，本来这财是该你发的呀……"

"大哥,你的意思呢?"

"人言可畏呀!老五,你一定要向乡亲们解释解释,就说你是心甘情愿的。本来嘛,当时你要是不答应,我也没办法。"

大哥呀大哥,事到如今你还不承认你的霸道,又想占便宜又想别人说你好。我压了压心中的火气,停了很久才说:

"大哥,你知道我为啥要让着你吗?"

"那是为啥?"

我犹豫了一下,站起身,打开多年未曾用过的书柜,从里面翻出一件东西,是用黑布包裹的。我解开落满了灰的黑布,将它搁在大哥面前。大哥眯着眼睛注视了半天,说:

"我当是啥玩意儿,原来是一把小手枪。"

"大哥,你再瞅瞅。"

大哥拾起手枪认真辨认了一会儿,终于明白了:"是一只转笔刀呀。老五,不会是小时候我送你的那只吧?"

"大哥,你说的一点也不错,这只转笔刀是你买的。你还记得当年你是怎样买回它的吗?"

一道亮光从大哥的眉宇间掠过。大哥点点头,同我一起打开了尘封已久的记忆闸门……

我是六岁时上的学,是班里最小的学生,而且非常调皮。看见别的孩子有文具盒,我要;别的孩子有转笔刀,也要,要不来就倒在地上哭嚎。要买,是不可能的,当时我们家是生产队最困难的"缺粮户",一分钱也要掰两半花。大哥用业余时间给我做了一个木文具盒,总算哄住了我的嘴。

一天,生产队派大哥进城买机器零件。买完零件后,还剩下回家的车费,正在这时,大哥发现了一只转笔刀——就是那只手枪造型的转笔刀,这样漂亮的转笔刀,只在城里才有啊。大哥一咬牙,便买了下来,车费钱因此用去了一大半。坐车已经不可能的了,大哥用剩下的几毛钱买了几个馍揣起来,他横下一条心:步行回家!

城里离家有三百里地远,而且还要走山路。大哥一共用了五天时间走路,中间因为饥饿,偷了别人地里的红薯,被抓住打了一顿。最后,大哥实在走不动路了,就倒在地上一步一步地往回爬,爬了整整一个晚上,直到天亮时,一个拾粪老人发现了他,才把他抱回家。一家人看见大哥成了这个样子,都哭了。大哥却没有哭,而是把我叫到跟前,笑眯眯地,一只手抚摸着我的头发,一只手从内衣袋里掏出了转笔刀……

第二天,大哥就瘸着双腿去上工。过于劳累过度,五年后他的双腿才恢复正常。

讲完这个故事后,我已泪流满面,大哥也唏嘘不停。我擦了擦眼眶,继续说:"大哥,你过去每次提出一些无理要求,我都知道太过分了。可是,不知怎么的,每次我的眼前都浮现了当年你一步一步爬着回家的身影。大哥,同这件事相比,还有什么我不能放弃的呢?"

大哥突然呜咽起来,他伸出巴掌,照自己的脸就是一下,说:"老五,我对不起你,我不是从前的我了!"

我急忙拉住大哥,说:"大哥,其实也没什么。俗话说,肉烂了在锅里。小时候,我们兄弟亲如一人,长大了为什么还要分彼此呢?"

这一夜,我和大哥一边喝酒一边聊天,聊了很晚很晚……

童年的火炮

火炮，也叫板炮，横十行、竖十二列，点缀在一张纸上，所以又叫"纸炮"。用时，撕下一粒，用钝物敲击，发出"吧"的一声脆响，这就是玩火炮。如今已没有孩子玩这种火炮了，而在我的童年，玩火炮则是孩子们春节期间的唯一娱乐。

有了火炮，怎么玩、玩什么花样儿就显出了孩子们的能耐和智慧。最笨的一种方法是把炮粒搁在石头上，用铁锤敲，每炮必响。自从看了战斗片电影后，孩子们便尝试制造各种各样的"手枪"。

最先的木制仿真手枪，就是在枪把上方挖掉一寸长方木做枪栓，枪栓一端和被撞击的枪体分别用铁皮嵌上，然后截一圈废旧架子车内胎箍住枪栓和枪体。使用时，将枪栓拉开一条缝，挂在枪后跟上，再填火炮，举起手枪，将枪栓顶起，由于皮圈的弹力，将火炮撞响。不过，这种玩法容易使装好的火炮偏离，造成"冒火"，不敢随心所欲地玩，所以很快就被淘汰。

后来又加以改进，不仅有枪栓，还有扳机，更像真枪了。而装火炮的地方嵌着一枚弹筒，枪栓则是门窗上的铁插闩，一头九十度弯曲，正好挂皮圈，扳机是用一截硬铁丝弯成"z"字形，手扣扳机，扳机顶动枪栓，枪栓撞击弹筒，里面的火炮就发出沉闷的响声。

就这样，孩子们虽然从没有玩过商店出售的那种手枪，甚至连见都没见过，但他们有的是智慧和手艺，他们用自己的一双小手给自己的春节创造欢乐。在我的童年里，不管是最初的手枪，还是改进后的手枪，都最先出自同湾子的喜子之手。

　　这年临近春节，喜子突然跑到我家，兴奋地告诉我，他又制造了一种手枪，是用粗铁丝做的。原来，喜子不知从哪儿搞到了几根板车上的辐条，辐条上还带着可以拧动的接头。将辐条折成枪形后，将一头绷在接头的边沿上，如果在接头口内装上火炮，一捏枪身，绷在接头口边的一头就弹进口内，将火炮击响。喜子用火柴头试了试，果然击出一团火花。喜子还兴致勃勃地告诉我：过年时，他来找我一起玩火炮。

　　因为火炮是春节时的玩物，所以平时大人们限制很严，不到腊月二十八不给孩子买。可这年最后一个集市，大人们办年货归来时竟一个个令孩子们大失所望。原来，卖火炮的商店去年发生了一场火灾，经勘查认定是老鼠咬火炮起火所致，决定不再经营火炮了。喜子把这个消息告诉我时，失望得流下了眼泪。怪不得先前我去了几趟商店都没买到火炮呢。

　　腊月月小，第二天就是大年二十九。下午，喜子又来告诉我，他打听到了，晏河集的商店有火炮卖，让我明天一早陪他一起去晏河。我答应了，可我爹却坚决反对，还把我锁进了小屋。喜子只好一人去了。

　　后来听说，喜子一早出发，一直走到中午才赶到晏河集，听到满街上响着吃年饭的鞭炮声。商店自然锁门了，喜子就奔代销点，没买到，喜子只好去了张集。又走了四十多里，天淡黑时终于到了张集。可一问代销点，仍旧没有。"完了！"喜子急得一屁股瘫在地上。这时有个小孩玩着火炮走过来，看见喜子手里的手枪，提出用一板火炮与他交换。喜子高兴地说："行，反正我家还有辐条，我回去再做一支。"

　　喜子为这天总算没有白跑一趟而高兴，回家的脚步也快了。这时天下着雨雪。喜子把火炮藏进棉袄里面，甩开步伐往回赶。估计十点多钟才摸黑赶回去，喜子的爹已经站在村头张望了大半天，急得连年饭都没吃下去。见了喜子，一把抱起来，想问几句话，却见喜子头一歪，倒在自己的肩头睡着了。

· 011 ·

那一天，喜子走了一百多里路，腿已经瘸了，睡了两天才缓过来。最可惜的是，他辛辛苦苦用枪换来的火炮却让汗水打湿了。

转眼到了大年初三。这天早上，我还在被窝里睡大觉，就被爹叫醒，他递给我一支崭新的铁丝手枪，说是喜子送给我的。我揉揉眼睛问："喜子呢？"爹说："喜子天不亮就跟他爹一起走了，到江西去拉板车。"

那些年，一些缺粮的家庭为了养家糊口，常常到江西去拉板车，除了上交生产队的工值钱，还有相当可观的收入。可是，由于路途遥远，往往一去三四年才能回家。

那一年，喜子刚好十二岁，正是农家孩子当家立志的时候。他送给我的"手枪"，帮我度过了以后几个快乐的春节，直到我也长到十二岁……

叫李林的朋友

　　交上这个叫李林的朋友，纯属自己心肠软。那日去单位，发现李林哭哭啼啼一副女人相，我不解地询问几位同事，但见他们一个劲儿摇头，毫无同情之心。我来这里上班不长，自然不明就里。但一个大男人在单位"有泪而轻弹"，不管怎么说一定是到了"伤心处"。恻隐之心人皆有之嘛，我便主动去安慰李林。李林便把我拉到一个僻静处，一五一十地向我诉苦，说他老婆闹离婚，无论他如何哀求也无济于事。末了，他请求我去向他老婆做工作。

　　"天，我连她的面都没见，这个工作怎么做？"我感到好笑。

　　"好大哥，我知道你是个热心人，这个忙你一定要帮。"

　　我见他一个劲儿纠缠，只得点头说试试。

　　谁知去了他老婆的单位，他老婆一股脑儿把李林的不是全倒出来，像放机关枪似的，把李林描述成一个又尖酸又刻薄的小人，简直不可救药。我对他们的家庭情况毫不了解，所以也难插上嘴。末了，他老婆又说："我能猜出你和他认识不长。他这个人根本没有朋友，没有人愿意和他相交。"

　　听了他老婆这句话，我更无话可说了，结果自然也没能达到目的。

　　但李林从此认定我够朋友、讲义气，非要和我成为好朋友。

　　到了星期天，李林不请自来，开口就要吃涮羊肉。我的妻子好客，觉得光涮羊肉太单调，又准备了其他佳肴。折腾下来，共花了一百多元。来而不往非礼也，下个星期天我也应邀去李林家，因为他单身，中午去了饭店。李林让我点菜，我点了一个尖椒炒干豆腐。我想他总该再点两个荤的吧，谁知他又点了个红烧茄子，还美其名曰：你点素的，我也要点素的。结果花钱一共不到二十元，而且酒水也免了。吃这一顿饭，连我都觉得寒碜，下次再也不愿到他家去做客了。

但李林却照常来，每个星期天必到，一到就要吃涮羊肉。有时为了躲避他，我们夫妻故意出远门，一直到下午两三点才回家。但到家一看，李林还坐在门口等着。见到我们笑嘻嘻地说："买了多少羊肉片？"

实在没有办法，我们就搬家。但这小子鬼精灵，不知怎么打听到的，又找上门来了。开口要喝我们的乔迁喜酒，除了涮羊肉，还要吃海鲜。

妻子不免怒形于色，埋怨我道："都怪你，别人都不愿缠的活宝，让你给拾着了，甩都甩不掉。"

我想起了平时同事们对他的风言风语和他老婆对我说的那些话，也觉得捡了个包袱，不由得叹了口气，后悔当初不该管闲事。

不久，我毅然辞去了工作，另谋新职，并且把家搬到工作单位附近，其详情对任何人都秘而不宣。这期间，李林不断呼我，我都没有回电话。

一年后，我偶遇原来的同事，两人一交谈，便不由自主地扯到李林头上了。这位同事问我："李林住进了医院，你知道吗？"

我说："不知道哇！"

同事说："这就怪了。凡是我们过去与他同过事的，都接到了他的传呼，不过，没有一个人去看他。这小子，难缠的主儿，谁沾惹他谁倒霉。"

我问："他到底得了什么病？"

"都听他说得了不治之症，谁知道是真是假？反正从他嘴里说出来的没几句实话。"

回家后，我把这件事告诉了妻子。妻子心软了，说："也许他真的得了什么大病，不然年轻轻的怎么会住院？"

最后我们两口子一商量，认为反正已经吃了李林的不少亏，不妨再吃一次，去看他一眼吧。最起码人家还把我们当朋友。

我忐忑不安地走进了医院，找到李林的病房。李林一见到我，"哇"的一声便哭起来，说："我以为连你都不理我了呢，没想到你真来了。你够朋友，我没有白交你。"

我无言以对，忙问他得了什么病。这一问，李林又哭了："大哥，我不好了，活不了几天了。"

我说："瞎讲！年轻轻的怎么说这种不吉利的话？"

李林叹了口气，道："你信也罢，不信也罢，反正连医生都下结论了。大哥，你帮帮忙，把公证处的人给我请来。"

我问请他们干啥？他说一来了你就知道了。我见他瘦得皮包骨头，真的有点病入膏肓，只好去公证处找人。

公证处一来人，李林便从枕头底下掏出一张纸，说这是"遗嘱"，已经签了字，只要公证处一公证，便产生法律效力。遗嘱的大意是：他已经没有亲人了，死后把遗体捐给医疗机构，所剩的两万存款，一半孝敬给远在老家的叔叔，一半赠送给我——最好的朋友，作为平日对自己友善的报偿。

我赶紧说："这钱我是一分也不能要。"

李林拉着我的手说："大哥，你就别再谦让了。我除了那位叔叔，就算你最亲了。我这个人不好，没人愿与我交朋友，可你是个例外，所以我不能忘了你。我这样做，既对得起社会，也对得起亲人和朋友，我死也瞑目了……"

李林得的是肝癌。为了回报他对我的美意，我一直陪伴他度过他一生的最后时光。他赠与我的一万元钱，我一直没动，本想捐出去，可又找不到合适的对象。有时我想：要是有一个叫做"交友研究会"的机构就好了，那我一定会把这笔钱转赠给它，因为要全面而准确地认识一个人是多么不容易啊。

还手帕

佳玉自愿做了一名马路工,许多人都不理解。只有她自己知道,她的所作所为竟是为了一个爱情故事。

佳玉本来在一家公司供职,每天早早起床去挤公交,中间还要换几回车。那一天换车时,佳玉咳嗽,痰特多,一时找不到垃圾筒,就偷偷地吐在了地上,不想立即遭到一声批评:

"你怎么能这样?"

佳玉扭头一看,是一位年轻的大个子。佳玉的脸立马红了。在众目睽睽之下被揭了短,这还是第一次。她以为对方是一位环保人士,或是一位负责清洁工作的官员,可当她注视对方几眼后,发现他不过是一位挤公交的"工薪族"而已。每天早上几乎在同一时间,他们都会在这里碰面,尽管大家从来没有打过招呼。"那我应该吐到哪里?"佳玉的感觉立即就变了味儿。

大个子从兜里掏出一块雪白的手帕递给佳玉,然后板着脸孔走了。

虽然佳玉心里很不舒服,但很快释然。他批评得对呀,我自己平时不也反对不讲卫生的人吗?何况他还乐于助人。晚上回到家里,她将手帕洗了一遍又一遍,她打算还手帕时真诚地说声"谢谢"。

然而,再见到他却是在晚报上。原来,大个子是本年度市"环卫大行动"的志愿者和组织者之一,他的名字叫易然。照片上的他更潇洒更英俊了，而且他还有很多很多感人的"环保"事迹呢。

佳玉兴奋异常，立即通过"环卫大行动"组织找到了易然，并郑重其事地将手帕还给了他。

"你真的会还我？"易然高兴地说。

佳玉温柔地点了点头。她觉得今天的易然更亲切更高大。

"易然，"佳玉深情地注视着他，"我很敬重你，我、我想做你的女朋友怎么样？"

"你的大胆让我吃惊。"易然一愣，继而笑了，"不过，请原谅，我还不想与你交朋友，因为你的缺点是我难以接受的。"

"请听我说，"佳玉急了，"那次确实是我错了，我改了还不行吗？……我其实不是你想象的那种人。"

"是吗？那你怎样才能使我相信呢？……"

望着易然转身离去的背影，委屈的眼泪从佳玉的眼眶里溢出！

不久，市环卫局招聘清洁工，佳玉毅然报了名。从此，她日复一日、年复一年地在自己负责的路段上打扫卫生。她的工作是那样认真，从不放过任何一片细小的纸屑和杂物，因此，她的路段一直是最干净的。对于易然，她已经不抱任何幻想，但她还是决心干下去，她想以此来惩罚自己当初的过失，这个过失使她蒙受了平生最大的伤害。

一年过去了，两年过去了……她一口气干了三年，挥洒青春，无怨无悔。

一天，佳玉正埋头清扫路边的杂物，一位男子从她面前走过，顺手将一片废纸丢在地上。佳玉有些愠怒。她工作了三年，还从未发现有人当她的面丢垃圾，她觉得应该提醒他："先生，垃圾筒就在前边，那里才是你丢垃圾的地方。"

话音未落，佳玉便惊呆了。她看到的人竟是易然，而且他居然干出这种事来。

"哦，这不是几年前想追我的佳玉小姐吗？"

佳玉冷笑一声，道："对不起，我已改变了主意。当初你对我偶尔一次随地吐痰而耿耿于怀,好像自己多么完美无缺,那么,你今天的行为又如何解释?"

"如果我说出今天的事是无意的,你肯相信吗?"

"三年前,为了弥补我的小小错误,我发誓干一辈子清洁工。易先生,你不会也用一辈子的时光来验证你的清白吧?"

"不!那样太久了。"易然哈哈大笑。

佳玉不再理他。她愤愤地想,人的变化真快呀!与三年前的他相比,今天的易然真是判若两人。那么,自己落到今天的田地又是何苦呢?不由得长叹一声,顿感四肢无力,欲哭无泪……

但是,佳玉很快被评为市环卫系统劳动模范,参加了表彰大会。赶出会场,一位年轻的小伙子将一束鲜艳的红玫瑰送到她面前。

他就是易然。奇怪吗?不奇怪!因为那天,他是专门去考察佳玉的……

至爱无言

敏强打笑脸对爹说:"爹,强寄钱来了,一千块。"

爹蹙紧的眉头闪了一下,道:"他从哪里弄来的钱?"

敏说:"人家去打工挣来的嘛。"

爹哼了一声,没再说什么……

敏谈男朋友了,就是三十里外的强。敏爱强,死心塌地地爱,可爹偏偏让她嫁给富。富是本村的专业户,专门倒卖山货,发了财,穿的是名牌服装,骑的是名牌摩托车,家里电器齐全。而强没有,一无所有。所以爹就让敏嫁给富。可敏就是不愿嫁富。爹火了,骂敏:"你是吃了糊涂油蒙住了心吧,有钱的不嫁,偏要嫁没钱的。"就抡扁担打敏。敏不躲不闪,咬着牙忍着。等爹打够了,就哭着哀求:"爹,强刚到南边去打工,将来总会有钱的。"爹说:"除非他一个月寄给我一千块钱,一直寄三年。要不,你死也是富的人。"敏想了想,说:"爹,那我就让他依你,但你得把富的彩礼退了。"爹不理,心里说:他靠打工,一个月能挣多少钱?

可没想到这小子真就寄来了一千块。

过了一个月,敏又告诉爹:"这个月的钱又寄来了,还是一千块。"

这次爹有点不相信,说:"我看看。"

爹拿起汇款单瞅了瞅,爹虽然不识字,但他见过邻居家的汇款单,跟这张一模一样。爹冷笑道:"三年还早呢……"爹不相信强会月月寄,他心里另有打算。

敏就给强去信：强，好好干呀！什么事我都替你担待着，为了我们的爱情，你一定要干出名堂，争取一年比一年强。强回信说：你放心吧，敏。我干不好，誓不为人。

就这样，敏每个月都能收到强的一千块钱的汇款单，一直寄了两年。

一天，爹对敏说："敏，把强寄来的钱都取出来，给你弟盖新房子。"

敏一愣，继而笑着对爹说："爹，真不巧，我正要给你讲存款的事。强刚才来信说，他在南边打了两年工，觉得不如自己单干好。他想开个美发厅，开成了每月能挣一万多，但需要一笔资金。我打算把钱寄过去资助他。"

"你是不是在哄我？"爹警惕起来。

"要不你看看信。"说着，就要去拿信。

爹说："我不看信，我要看存折。"

敏翻箱倒柜到处找存折，告诉爹一时忘记放在哪里了。爹大怒，说你连你爹都敢哄！抡起扁担就打敏。敏还是不躲不闪，咬着牙忍着。爹打累了，就骂："天黑之前不拿出存折，你明天就是富的人了。"说完，就要去找富。

敏拦住爹，说："爹，你也要等我把存折找回来才能做决定啊。"

敏还真就弄了个存折，但爹不认识上面的字，只认得这是真存折。爹说："我不管那小子开不开美发厅，我要盖房子。"

"先取四千，好吗？"敏哀求说。

敏就拿出四千块钱给爹盖房子。晚上，敏又流着眼泪给强写信：强，你无论如何也要争一口气。不然，我真的成了别人的人了……强回信说：我知道，敏！

没多久，爹又要敏取钱。敏说："给强寄过去了。"爹暴怒，说你还惦记着那个小子！我不过是让你哄哄那个傻瓜玩，谁知你比他还傻，到手的钱又还了人家。就将敏打了一顿。打了敏之后，爹就寻思该把敏嫁出去了，急忙去找富商量迎亲的日期。

可就在这时，富出事了……

三年后，强回来了。敏高高兴兴地将强领回家，却是一个肩膀上扛着一颗星的军人。敏给爹介绍说："这就是强。"爹吃了一惊，说："他不是在南边打工吗？怎么……"

敏指了指强肩上的星，自豪地说："爹，如果我说强当了穷兵，你更不会答应。他在部队立了几次功，又被保送上了军校，哪一点不比富强？"

爹想了想，还是不相信，说：他那四千块钱……？"

敏低下头，没有吱声。爹突然发现敏她妈临死时留给敏的金项链、金戒指等首饰，已经很久不见敏戴了。

"这到底是咋回事？"爹吼道。

"爹，不瞒你说，存折和汇款单都是假的。"

爹这下子彻底明白了，就骂："原来真是你哄骗老子！老子活了六十多岁，还上你的当！"举扁担就要打敏。强急忙拦住。

敏哭着说："不哄你，我恐怕早就成了富的人。难道把我害了你才放心？"富是因为倒卖山里的保护的物，被抓了起来，罚得倾家荡产。

爹又气又惭愧，看了一眼敏，又看一眼强；想骂敏，又怕强。强把敏拉到一边，抚摸着敏手上的伤疤，动情地说："敏，你受的委屈比我想象的还多。你为什么一直瞒着我？"

敏紧紧地偎在强怀里，无语，任眼泪簌簌地流淌下来……

将军和放牛郎

两个放牛郎，一个叫六子，一个叫八子。

六子八岁那年，去给地主钱百串放牛，放的是一条老黄犍。行前，爷老子叮嘱他："好好放呀，别出了事叫东家给撵了。"六子记住了，成天牵着黄犍去放牧，不敢松绳。牛在后面啃草，他在前面开路，横着走。看牛吃那绿油油的山草，嚼得"叽咕"响，就眼睛亮亮地露出笑。

八子是六岁那年去的钱百串家，放一头黑牯。这水牯子两角精壮，弯弯如弓，吃草时喷出一股股热气。八子顽皮，头一天放牛就往牛身上趴，牛儿不乐意，腾空一跳，把八子摔了下来，"咚"的一声，当时就背过气了。六子看见了，慌忙把牛拴住，跑过来呼唤八子。八子醒了，却嘿嘿地挤出一脸笑。

这八子不甘心，将水牯子拴在树上，举起棍子就打牛的屁股，水牯子绕着树儿转了三圈，吓得"哞儿哞儿"叫。再骑，水牯子还是不乐意，扬起脑袋就跑，八子紧贴在牛背上，死死地抓住牛毛。翻过几道山岭，牛跑累了，才停下来，老老实实吃草，从此就许八子骑了。

宽宽的放牛坡上，时常出没着两条牛影，一黄一黑；还有两个放牛郎，一个骑着牛，一个牵着牛。

六子天天提醒八子："莫骑牛了，当心摔下来了。"可八子不听，甚至站在牛背上，拉着牛绳子，任那水牯子一起一伏地走着。有时一高兴，举起牛棍子，"叭"的一声，打得牛儿昂首奋蹄，八子依旧站在牛背上，乐得哈哈笑，六子却惊出一身冷汗。钱百串看见了，给八子一顿好揍。可八子一上山，照样骑牛。

一九三四年冬，吴焕先率领的红二十五军，奉命撤离大别山根据地，北上抗日，这日途经放牛山。六子和八子一商量，扔下牛儿，跟他们走了。队伍说他们小，不愿收，他们就悄悄跟上，甩不掉。当时，两个放牛郎，一个十四岁，一个十二岁。

走了一百多里路，脚板儿便磨起了泡，脚脖子提不起来，越掉越远，急得牛郎们哇哇哭。恰巧这时，先头部队打了一个胜仗，缴了一匹战马。头儿说："给那两个娃娃蛋子骑吧。"

马欺生，一见生人骑在背上，就腾空一跳，"咚"的一声，先把六子摔了下来，半天动弹不得。部队只好把六子交给了附近的老乡，不久老乡又把他送回了老家。

八子骑在马上，却如骑在牛上一样挥洒自如。随着"得得得"的马蹄声，小骑士一改跨式，"啊"的一声站在马背上，博得红军战士纷纷喝彩……

五十年后的一天，一个瘸腿老头，牵着牛放牧，依然横着走，看牛吃那嫩油油的山草，可那眼神却不再亮堂，木木的，流露出一种厌倦和无奈。

突然，远处传来"得得得"的马蹄声。放牛汉眯眼一看，见几个威风凛凛的军人正跨马朝他奔来，其中一个老军人翻身下马，径直走到他跟前，"叭"一声立正、敬礼，然后问：

"还记得我吗？"

"啊，是八子回来了！"两位老人紧紧握手。

他们席地而坐。将军问："怎么，你放了一辈子牛？"

放牛汉说："是啊。同样是放牛郎，你把牛放成了马，我却依然放的是牛啊。"

说时，感慨万千，泪水盈盈……

永远的账单

现在看来，那是一种很幼稚的行为，而当时，他确确实实是那样想的，那样做的。

那是若干年前，那时的山村比现在更穷。那一年，穷苦的山沟竟出了一个中学生，这就奇了，更奇的是，这个学生每天要赶二十里的山路到村中学去读书呢。

学校没有食堂，这个学生便日吃两餐。山里的冬天来得早，也许是日头短，来不及做早饭吧，公鸡刚叫两遍，学生便怀揣一只大红薯，踏着早霜上路了。中午，同学和老师回到附近的家里去吃饭，只有这个学生守校，将那只红薯放在火旁烤一烤，权作中餐充饥。

这样大约吃了两个月。山上贫瘠，养不起更多的庄稼，学生家里的红薯便有限。这个学生吃尽了家里的红薯后，不得不打消了吃中餐的念头，每天中午靠在火堆旁，捧着书读。

红红的火苗映照着那张又瘦又黑的小脸庞，这个学生忍着辘辘饥肠，全神贯注地读书写字。

一日中午，班主任岳老师来得特别早。他来到这个学生跟前，用他特有的虚弱的声音轻轻问："你天天中午不吃饭吗？"

学生从书中惊醒，不好意思地说："晚上多吃一碗就赶过来了。"

岳老师摇摇头："如果一顿饭能解决问题，人为什么吃三餐？这样吧,你中午到我家吃饭去。""不,不!"学生的脸更红了。学生知道,家太穷,还不起老师的情。

"我知道你不好意思,你这样用功,长大了肯定有出息。等你有出息了,你再还我行不?"

"岳老师,一顿饭收多少钱?"学生当真了。

"饭收一毛,菜收一毛,这样吧,一天按两毛收行不?"岳老师慈祥地笑着说。

学生也点头笑了。他想:这是合情合理的事,正如借债还钱一样。

这样,每到中午,他就跟岳老师去了。岳老师的家也穷,孩子也多,吃得不比他家好,但饭香。饭后,他在他辟了专栏的日记本上记下了他吃饭的天数和款项:×月×日,两角……

三年来,他一共欠了老师三百多元。

学生没有辜负老师和家长的希望,他考上了师范学校,三年后又参加了工作。当他怀揣第一个月的工资,回到母校找岳老师时,得到的第一个信息竟是年近六十、患有心脏病的岳老师,已经与世长辞了。

他匆匆赶到老师家,却再一次扑空,邻居告诉他:老师的家已搬回原籍了。

失魂落魄的他又找到了岳老师的坟墓。此刻,还债的事已使他满脸通红和愧疚,他羞于启齿。他久久地伫立在芳草萋萋的墓前,泪流满面,最后才喃喃地说了一句:"恩师,我知道怎样热爱自己的工作了。"

野菊花

我在学校好管闲事、助人为乐，同学送我外号叫"老管"，但有时也因此和他们发生冲突。

那是一个九月天，老师让我们到河边去拉沙子。已完成任务的我发现同班的一个瘦小的女同学琼娥还在吃力地拉着沙车，脸上汗涔涔的，便飞快跑过去，帮她把车子推上了土坡。不想这个举动被几个同学发现了，立即有男生发现新大陆似的叫喊道："嗬，大家来看啦，特大新闻。""一男一女你推我拉，好不亲热。""老管跟女生勾上啦！"

一个难堪的场面就这样产生了。我正要开口骂他们，不料更难堪的事情接踵而至——脸色通红的琼娥大哭起来，指着我骂道："你给我走！不要你推你偏推，不要脸！"骂完，又朝我脸上猛啐一口。

见此情景，男生们突然静了下来，转眼又把矛头全指向我：

"哦，老管勾女生没勾上！"

"哦，老管被女生骂了！"

"哦，原来如此……"

我气得捏紧拳头，拔腿就追。他们平时都知道我的厉害，呼啦一下都跑散了。

站在河边的一棵大树旁边，我满肚子委屈和愤懑！这世界是怎么啦？做好事不落好报！这时，太阳越发毒了，天是火辣辣的天，地是火辣辣的地，人似乎也是毒辣辣的人……滚蛋吧，太阳！滚蛋吧，地球！滚蛋吧，所有的人！滚蛋吧，一切的一切！我恨一切的一切，都去他妈的！

随着"嗨"的一声，一只拳头重重地砸在大树上，眼泪也跟着冒了出来。

没想到，琼娥这时突然朝我走来。我一扭头不理她，可她却先开口了："老管，你帮了我，谢谢你。"

"谢谢我？那你为什么还骂我？"我冲她吼道。

"学校的风气你不知道呀？万一他们宣扬出去，我一辈子也难抬头。爹知道了打也打死我了。"

我松了口气。她说的何尝不是实情。咱这个乡下中学不知何时刮来一种坏风气：男女同学不能单独在一起说话办事，哪怕是正常的交往也不行，否则硬往"恋爱"上拉。有一位初三的女生就因为送了一块烧红薯给一位未吃早饭的男生吃，被说成是"搞对象"，被父亲知道了，挨了一顿打，还不让她上学。我最讨厌这种风气了，可我又不能讲道理，一讲大家就取笑我有不轨之心，更不用说帮助女生了。有一次修建学校篮球场，因为帮女同学推走了一块大石头，我被男生们"揪"住不放，至今还在耻笑我呢。

"老管，你为什么总是替我们说话，偷偷帮助女生？"

"不为什么！就因为你们劲头小，男生应该帮一把；有时候女生也可以帮男生嘛。"

"可是，你这样做适得其反。你今后可别再帮助我们了，听见啦？"

我低下头，无话可说。这时琼娥弯下腰，将路边的一丛野菊花掐起来，认真地理好，取掉手腕上的皮筋扎住，"嗯"的一声双手送到我的怀里。"我代表全体女生，深深地感谢你！"望着微笑的琼娥，我也笑了。

"你喜欢菊花吗？"她盯着我的眼睛问。

"喜欢。"

"香吗？"

我闻了闻，说："奇怪，从前闻不觉得香；今日闻，却香了。"

"嘻嘻，坏心眼儿。"琼娥开心地笑了，我也憨憨地笑着。

这时，左边路口上突然出现了两个男生。琼娥惊慌失措，迅速变换一种腔调骂我道："老管，你少来这一套。你今后再找我说话，我就去告你！"还没说完，就跑没影儿了。

两位男生原是我的铁哥们儿，他们凑到我跟前，极神秘地替我惋惜道："这女生太不识抬举！"

"这花是你献给她的，可她不要，是不是？"

我低下头，许久才嗡嗡地说："是的。"同时眼泪也下来了……

父 亲

父亲的身体一直很健康，自从我这个不争气的东西身负重望去读书，却戴着眼镜悄悄溜回家之后，父亲就一病不起。

那是十几年前的事。父亲当了一辈子村干部，两袖清风，家贫如洗，却最终还是被人顶替了。对此，父亲毫无怨言。只是几十年的劳苦奔波，虽然犯过错误，却也为村民们解决了不少实际问题，也安置了不少有文化有头脑的人才。如今却没有能力把落榜的儿子送到一个地方"人尽其才"，感到过意不去，世人也在冷眼观望。

母亲于是喋喋不休地说："良子读了十多年书，啥农活都没做过，不让他进个单位，怎么过呀？"

这时父亲就低下头，讷讷地道："咋进呢？唉，我只能去试试看。"

父亲出门了，但我看见父亲每回都垂头丧气地回家，从不主动提这事儿。母亲追问，他就叹息："难。他们都说进不去，人满了。"

母亲又问道："你咋说的？"

"我问麻袋厂的老胡，他说厂里还得减人呢。"

"造纸厂的人手松，你没去？"

"怎么没去。那李秃子客气倒是客气，但他那里人多，我咋开口？"

母亲骂了一句，说李秃子过去是村支书，与当村主任的父亲谈不拢，老吵架，愤然辞了职，后来才当了造纸厂厂长，人家能不记仇吗？又说：

"怨也怨你空手去的。现在人求人，谁不大包小包地送礼。你现在无官一身轻，谁认你？明天你买点好烟好酒送给麻袋厂的老胡。老胡孬好是远房沾边的亲戚。听见没？"

半天，父亲才咕哝一声："咋送呢？第一回。"

第二天上午，父亲拎着一包上等烟酒走了，却又原封不动地拎回了家，哗啦一声摔在桌子上。母亲追过来问："咋啦？"

父亲哭丧着脸说："狗日的老胡正在喝酒，还有好多人。人家问我提东西干啥，我见人多，不好说，就说自己买回去待客的。"

"那老胡是个明白人，你提着东西去，他能想不到吗？"

"老胡一直闭口不说，最后问我有什么事？有事就直言。我不好意思说求他安排人，就说、就说没啥事儿。"

母亲一听来了气："呆子！你当了几十年干部，越当越没用。没吃过猪肉，也没见过猪走？你送礼不能黑天送？"

"你还怪我呢！"父亲也火了，"怪就怪你们不争气！我干了几十年，从没请客送礼办自己的私事，今天还不是你们逼我丢脸。良子我不管了，他爱咋过就咋过！"

父亲欲哭，转身扎进被窝里，不吃也不喝，也不理任何人。

于是父亲病了。他为了我而病！

我恨我这个不争气的东西！

经过深思熟虑之后，我来到父亲的床前，说："爹，您老莫难过。我不用您操心了，我啥厂子也不想进。我准备搞家庭养殖业。咱家穷，我一定挣钱，盖栋新房子。"

父亲一下子抬起头，激动地说："真的？良子，爹下来了，无钱无势，你就当没有这个爹，全靠自个儿吧。"

我点点头："嗯。"

父亲爬起来，我看清了他的满脸皱纹和满头的白发，禁不住心中一酸。父亲从箱子里翻出一个精致的大型日记本，抖抖索索地送到我面前，说："良子，这个本子是我大前年在市里开会时领来的，原打算等你考上大学再送你，现在就送给你学科学吧。"

我伸出双手，郑重地接了下来。

这时，母亲突然从外面冲进屋，高兴地说："我在街上碰见了李秃子，他叫良子明天去造纸厂上班，还是会计呢。"

"这是真的？"父亲疑惑地问。

"是真的。李秃子说那天你一来他就知道为嘛事，只是人多不好说。"

"他不记恨我？"

"我提了。他说，过去了的事还提他干啥？造纸厂正好缺一名有文化的会计，良子最合适。"

父亲低下头，眼泪簌簌地淌下来。他为老同事加老对手的理解和宽容而感动。

"良子，你明日去吧。会计是个肥缺，听说许多厂子里当会计的都发了黑财。"母亲说。

我到底去不去呢？去了，我的家庭养殖计划就会落空的呀。这时，我低头翻开日记本，看见扉页上印着一行字：

奖给廉洁奉公的基层干部

市人民政府

我的眼光久久地停留在"廉洁奉公"几个字上，从心底里涌起一股热流，扩散到全身。我咬了咬牙，坚定地说："去，我一定去！"

背书的女孩

因为照顾小弟小妹，姐姐十二岁那年才开始读书。姐姐读书很用功，每天放学回家后，她总是一边干家务活儿一边背书，满屋子里充满了她流利的有节奏的读书声。

姐姐上到三年级时，父亲突然卧床不起。那时我们都还小，全靠母亲一个人来支撑这个家。一天，一位好心的邻居来劝母亲："让你家大妮子回来挣工分吧。"正在剁猪食的姐姐听到了这话，背书声戛然而止，一走神儿，菜刀将手指头砍了一道血口子，却顾不上疼痛，焦急地望着母亲，喊："妈……"母亲看了一眼姐姐，摇摇头说："妮子读书这么用功，咋忍心不让她念呢。"从此，姐姐更加勤奋更加用心地读书了。

早上，姐姐和母亲一齐起床，母亲去挣工分，姐姐就收拾屋子，做饭喂猪，给小弟小妹穿衣服；晚上，母亲坐在油灯旁纺棉线，忙完家务的姐姐就趴在油灯下写作业、背书，还给母亲讲课文里的故事。

因为劳力少，家里的口粮越来越少，锅里的粥也越煮越稀了。为了给父亲治病，家里欠下了一大笔债。这时，七岁的我也开始上学了。

舅舅见我家的境况如此凄凉，将母亲数落了一顿："为啥还不让大妮子回来挣工分？"

"手背手掌都是肉，我咋舍得？"母亲红着眼睛说。

"女娃终究是别家的人，读书有什么用？"

母亲望了一眼姐姐，哭了；姐姐也哭了。但十五岁的姐姐已经懂事了，她知道一切已无可挽回，就强作笑脸对母亲说："妈，我回来吧，迟早要回来的……"刚说完，她就扑在母亲的怀里放声痛哭。

哭过后，姐姐将书包收了起来，开始上工去了。第一次上工前，姐姐将她写剩的作业本塞进了我的书包，叮嘱说："弟，替姐争口气。"然后将我送上路。以后，每次放学，姐姐问我的第一句话就是："弟，今天的课文又讲到哪一节了？"接着就逼我去写作业。

晚上，检查完我的作业后，姐姐一边纳鞋底，一边背《农夫和蛇》，那是她学的最后一篇课文。"从前，有一个农夫，在路上看见一条被冻僵了的蛇……"母亲听了，难过地说："妮子，别背了。你一背书，妈的心里就不好受。"姐姐就躲着母亲背。有一次，姐姐正在背书，被母亲撞见了，母亲"呜"地哭了。姐姐见状连忙说："妈，我是瞎背的，背书没有一点意思。那位农夫真傻，那条蛇真狠毒……真的，我以后再也不背了。"母亲却哭得更凶了："妮子，别说了，你越说娘心里越难过……"母女俩又抱头痛哭了一场。

哭过之后，姐姐狠狠心将书烧了。从此，再也听不到姐姐的背书声了……一晃十年过去了，这时姐姐已是一个三岁女孩的母亲。姐姐虽然才二十六七岁，却被太阳晒得满脸黝黑，被体力劳动磨炼得粗手大脚。姐姐虽然文化有限，但一直关注着我的学习成绩，为我的每一次高分而骄傲，也为我的偶尔落后而着急。这一年，高考早已恢复，我有幸考上了一所师范大学。全家人高高兴兴地为我庆祝了一番。姐姐比谁都高兴。她用她家最好吃的东西招待我，还给我赶制了棉鞋和棉袄。我家离车站比较远，上路那天，全家人一起送我。但不久，姐姐便接过行李，对其他人说："你们都回去吧，我一个人送弟一程。"

姐姐背着行李，轻轻快快地行走在窄窄的山路上，似乎又回到了背着书包、领着小弟小妹上学的童年。

走着走着，姐姐突然问我："弟，你还记得《农夫和蛇》的课文吗？"

我说:"那是多少年前的事,我早忘了。"

"我还记得。"姐姐说。接着又用十年前那种背书的节奏,给我一字不漏地背了一遍。

"姐,你的记性真好。"我由衷地赞叹道。

"我有空就背,一年总要背上几遍。"姐姐说。

"姐!"我想起了往事,便低下头,"本来,你也能上很多的学。"

"别说了。"姐姐异样地笑了笑,但眼中却已是泪光闪闪,"弟,我有一个要求,你答应不?"

"答应,答应,你快说。"

"姐这辈子没什么文化,等将来你外甥女长大了,你好好帮她一把,让她也考上大学,好吗?"

"一定一定……"我发誓说。

车徐徐开走了,姐姐还呆呆地站在那里望着我。姐姐的身影在我的眼前越来越模糊,突然幻化成一个十几岁的小姑娘,一边背着书包一边背着课文……我的眼前顿时朦胧一片。

知　识

　　有个马二旦，是我初三的同学，脑子好使，理科特棒，深受老师器重。

　　马二旦的爹，人称马天算，在街上开了个小卖部，生意不错。最近又要扩大经营，人手不够，就撺掇二旦回来做帮手。但马二旦是班主任牛老师的重点生，这事不仅二旦不答应，就连牛老师也极力反对。

　　马天算着急了，经常到学校去闹。正在上课，马天算冷不丁从外面闯进来，拎着二旦的耳朵就往外拉，痛得二旦嗷嗷叫，结果自然受到老师的批评。

　　这天，马天算又气冲冲地跑到学校，一看是牛老师的课，腿就软下来。牛老师德高望重，教学水平高，老少皆知，谁不尊重他？所以就不敢硬闯，只敢站在门外喊："牛老师……"

　　牛老师探出头说："正在上课呢。你在门外等一会儿。"说完，把门关上了。

　　好不容易盼到下课铃响，牛老师出来了，二旦也跟着出来了。"什么事？"牛老师问。

　　"还是那事。二旦再不回去，我就不走，死也死在这里。"马天算噘噘嘴巴道。

　　"你让他回去做买卖，而他正在学知识，怎么能行？"

"要知识干啥？有好运气就中。"马天算不屑地说。

牛老师想了想，扭头指指前边，道："你今天的运气不错，该发财了。那里有一堆石头，今天早上运来的。如果你把它们搬到走廊上，我就给你一百元钱。"

石头不是太多，紧挨着走廊，要搬上去，还不是眨眼工夫？马天算问："你说的是真的吧？"

牛老师掏出一张"老人头"晃了晃，说："我教了这么多年书，从不当学生的面说假话。"于是两人，还有二旦，便一齐走向那堆石头。

马天算甩开上衣，先把那些较小的石头一一抱到走廊上。只有那块长方石，大概有三百斤重，能竖起来，但就是抱不动。走廊有一米高哩。

"我花钱请人帮忙行不？"马天算说。

"不行，只要你一个人干。"牛老师说。

"牛老师，你这不是故意难为我吗？"

牛老师没理他，问二旦："你有办法吗？"

二旦早已按捺不住，说："有。"

那时，学校正在盖食堂。二旦跑到工地上，扛来一根木头，还夹着一根木桩和一根铁丝。二旦用铁丝把方石两头缠住，绑在木头一端，再竖起木桩将木头顶住，然后二旦退到木头的另一端，使劲一压，方石就被举起来，稍稍一扭动，方石就稳稳地停在走廊上。

"祝贺你，二旦！"牛老师立即把那张"老人头"递给二旦。

"二旦，你咋就想出了这一招儿呢？"马天算咂咂嘴笑了。

"爹，这叫做'杠杆原理'，是书上说的。"二旦兴奋地说。

马天算一听，把眼一瞪，道："这不算！我让你回去做买卖，又不是让你去搬石头。只要能赚到钱，读不读书有啥关系？"

牛老师说："好，我再给一个赚钱的机会。这一堆石头，我贱卖给你，只要一百元。敢要吗？"

"啥？一百元？还贱卖？一百元钱要买多大一堆石头啊。你看，除了那块长方石能做房基，其余的能做啥？牛老师，这回你可蒙不住我。"

牛老师没理他,而是问二旦:"你敢要吗?"

二旦走到石头跟前,仔细辨认了一会儿,说:"牛老师,我敢要。"说完,就把那一张"老人头"还给了牛老师。

"二旦,你傻呀?"马天算急得直跺脚。

"爹,我一点也不傻。"二旦说,"这块长方石,是大理石,把它卖给石匠,得值几十元吧;那蓝莹莹的石头,是萤矿石;那黑糊糊的石头,是富铁矿石;那灰不溜秋的石头,是稀土矿石;还有……爹,别看它们形状难看,可都是矿石啊。如果转卖了它们,估计要值好几百哩。"

"你咋知道的?"

"这是化学上的知识嘛。"

牛老师点点头:"二旦说得对,这是学校花五百元买回来的教学样品,那块大理石是准备雕塑用的。如果把它们当作一般的石头,岂不错过一次发财的好机会?"

马天算低下了头,脸色红红的,许久才说道:"牛老师,我晓得你的意思了。你、你让我回去想想,再想想……"

马天算走了,从此再也没有到学校闹过。

兔妈妈的困惑

话说千禧年来临之际,兔子世界举办了一次"爱我后代、御敌强身"大型比赛活动。参赛对象:未成年兔;比赛项目:赛跑。因为抗击野鹰和其他猛兽的袭击,兔子们基本掌握了有关防御战术,况且每只兔子至少有三穴洞窟可以藏匿;唯有人类的不法之徒手中握着的猎枪,最难对付。于是兔子国王下令从娃娃抓起,让下一代兔子们练好铁脚爪,使"脱兔"之技再上一层楼,日后一旦听到枪响,就可劲儿逃窜。据说子弹在进攻到一定距离时会自己掉下来的。

兔妈妈们纷纷响应。

紫兔妈妈虽然是一只脾气暴躁的"厉害婆",但非常疼爱她的小紫兔。为了将来免遭子弹的袭击,紫兔妈妈决心把小紫兔培养成一个田径高手,并在不久的比赛中拿下冠军。

紫兔妈妈认为:要想提高跑速,必须提高翻山越涧的能力,所以训练的第一步就是跳高。紫兔妈妈为小紫兔精心设计了一米、二米、三米标高的三级标杆。虽然按常规应该从一米标高跳起,循序渐进,但紫兔妈妈想:只有起点高,才能进步快;不严格要求,如何能拿冠军。于是令小紫兔从二米标高跳起,而后三米、四米……小紫兔尽管初生牛犊不怕虎,但一连试了三回,结果怎么跳也跳不过去。紫兔妈妈气得大骂:"没用的东西!今天你不跳过去,我就打你。"说罢,举起吓人的爪子。小紫兔吓得战战兢兢，再一跳，不仅二米标高没跳过去，连一米的标杆也被撞掉了。"真是废物！像你这样，只能和小黑兔一样等着将来挨枪子儿。"小紫兔十分惭愧。从此只要妈妈在场，他就吓得不敢跳了。

紫兔妈妈叹着气，心想：这孩子不是跳高的料，那就让他先学跳涧吧。于是又特意选择了一条又深又宽的大沟，让小紫兔学跳。小紫兔抬眼看见妈妈正瞪着红眼珠盯着自己，四肢就不住地哆嗦，勉强跳了一下，却稳稳地掉进大沟里，摔得鼻青脸肿。他垂头丧气地爬上来，哭道："妈妈，我不是跳高跳涧的料子，您就别让我练了吧。"紫兔妈妈一听，狠狠骂道："小废物！你不练跳高跳涧，以后怎么练跑步？难道你想像小黑兔似的等着吃子弹吗？从今之后，你必须早起晚睡，十天学会跳高，二十天学会跳涧，三十天达到田径冠军的水平。否则，我就不要你这个饭桶了。"

小紫兔伤心得痛哭了一场。他感觉自己太笨了。他想：连妈妈都说我是废物，我还有什么用？心里一悲观，结果练得一次不如一次。

这天晚上，小紫兔忽然想起好朋友小黑兔妹妹。小黑兔因为出生时又瘦又小，先天体弱多病，所以紫兔妈妈就断定她是个挨子弹的废物。小紫兔想：黑兔妹妹是不是也在挨妈妈的骂呢？是不是也像自己一样伤心难过、自暴自弃呢？小紫兔便趁妈妈不在时偷偷溜过去看望黑兔妹妹。

远远看去，月光下小黑兔正在跑步哩，跑得十分艰难，不一会儿就摔了几跤。黑兔妈妈迎过去扶起女儿，小黑兔伤心地说："妈妈，难道我不是这块料吗？"黑兔妈妈鼓励道："孩子，任何才能都是练出来的。你一次比一次跑得有进步，只要坚持下去，就一定会成功的。"小黑兔想起什么，就说道："妈妈，听说小紫兔哥哥天天练跳高跳涧。"黑兔妈妈道："我们不能学小紫兔，我们得按自己的方法练下去。"小黑兔受到鼓励，便咬着牙又跑了一程。黑兔妈妈急忙追上去，掏出白萝卜给女儿补充体力……

小紫兔入神地看着这一切，很羡慕地想：黑兔妈妈真好呀！黑兔妹妹真幸福啊！

正在这时，背后传来一声怒喝。小紫兔吓得魂不附体，掉头就往回跑，但还是被妈妈揪住了耳朵。"好哇，你这个废物！你不好好训练，却来这里贪玩。看我该怎么收拾你！"

小紫兔跪在地上，眼泪吧嗒吧嗒地掉下来。他想：我连跳高跳涧都不会，可黑兔妹妹却会赛跑了，而且跑得那么快，难怪妈妈骂我是只废物……

话说不久，兔子世界举行第一场田径预备赛，所有未成年兔都参加。结果爆出两大冷门：一是小紫兔未能参赛，而是给妈妈留下一纸告别信出走了；二是小黑兔在预备赛中勇猛拼杀，荣获第三名。

最伤心的是紫兔妈妈，她死也不明白：小紫兔又聪明又乖巧，结果自暴自弃；而瘦小的小黑兔却怎么就能获得第三名呢？

被捉弄的猫

猫是狸猫，凶猛如豹。它耳朵像剑、眼睛像球、胡须像针、牙齿像刀，走起路来昂首阔步，颇有大将风范，尤其是捉老鼠，不费吹灰之力。如果有兴致，或肚子饿了，便趴在暗处，一旦有目标，箭一样扑过去，百发百中。所以，狸猫是好猫，家家户户都请它去捉老鼠，用鲜鱼款待它。狸猫知道自己的价值，越发自负起来，常常自言自语地说：

"我是谁？我是狸猫呀！天下还有比我更聪明的猫吗？没有！天下还有比我更能干的猫吗？没有！所以，我才是猫族的光荣，是父母的骄傲，是主人的宝贝心肝！我呢，当之无愧！哈哈，有哪一个愚蠢的家猫敢与我一比高低吗？没有，谅也没有……"

一天，备受珍宠的狸猫刚刚睡了一觉，醒来后又开始自卖自夸，在主人家里来回走动，讲得唾沫满地飞。正在这时，就听见一个有点讨好的声音在喊：

"狸猫先生，这里可是有一顿美餐啊。"

嗯？狸猫停止了吹嘘，竖起耳朵，觉得这声音好陌生，不像是同类们说出来的话。

"狸猫先生，美餐在米缸里呐。"

狸猫这才恍然大悟！米缸里？它一个箭步跳到米缸上，低头朝下一看，果然有一只鼹鼠掉进了空米缸里，它爬不上来了，所以在那里呼叫呢。

"哈哈，真是一顿美餐。可是，我不明白，你为什么要叫喊？难道你以为我不敢吃你吗？"

"狸猫先生，瞧你说到哪里去了。"小鼹鼠一边作揖一边说道，"你是谁呀？你是大名鼎鼎的狸猫啊，谁能比得上你呀！而我呢，不小心掉进了这里，反正也是死，不如死在我崇拜的大英雄你的口里。我是怕被别的愚蠢的家猫抢了先啊。"

"算你是个明白人！"狸猫哈哈大笑，"不过，我现在酒足饭饱，还不想吃东西。"

"我可是好几天没吃东西了。"鼹鼠说，"狸猫先生，如果我瘦得只剩皮包骨头，你还能吃到什么呢？"

"可也是！"狸猫说，"念你一片诚心，先把你吃进肚子里吧。换了别人，我可是想啥时吃就啥时吃的。"说着，狸猫就跳进了米缸。

"狸猫先生，你真的就马上吃掉我吗？"鼹鼠害怕地说。

"嗯，难道这不是你的强烈要求吗？"狸猫有点不满。

"对不起，都是我不好！"鼹鼠说，"不过我还有个小小的要求，请把我送出米缸再吃吧，让我最后看一眼这个世界。"

"看在你是我的崇拜者的分上，这个要求并不过分。"狸猫说，"可是，如果你想要花招儿乘机逃跑的话，那可就大错特错了。在我的纪录里，还没有一只被我看见的老鼠能逃过我的手心。"

"那是那是。你不仅是一个大英雄，也是一个心地善良的动物对不对？看来我的眼力并没有错。"

"好吧。"狸猫立即将鼹鼠叼在嘴里，耸腰缩背，一蹬后腿便跳出了米缸，轻轻地落在了地面上。

"我很高兴，尊敬的狸猫先生。"鼹鼠说，"在你吃掉我之前，我可不可以再为你做点什么？"

"看来，你是知道我的脾气的。"狸猫点点头说，"我从来不像其他傻猫一样抓住一个老鼠就马上吃掉，那样就太没有情调了。我呢，不管何时捉住了老鼠，是身强力壮的，就让它给我翻跟头玩；是老态龙钟的，就让它表演游戏……总之，我不是玩腻了是决不吃它的。请问你这个小东西，你有什么特长吗？"

"我？噢，对了，我可是最擅长挠痒痒的。"鼹鼠说。

"好吧，那就赶快来伺候我吧。"

狸猫便趴在地上，让鼹鼠给它抓痒痒。鼹鼠蹲在它面前，举起两只爪子，在它的脖子四周轻轻地搔着。狸猫舒服极了，眯起眼睛美美地享受着，还一边命令鼹鼠："左边！右边！轻点！重点！"

但是，狸猫万万没有想到，鼹鼠在给它搔痒的同时，用尖利的牙齿悄悄咬断了它的胡须——猫的胡须通常是用来测量洞穴大小的。当这个目的一达到，鼹鼠便说声"再见"，转眼钻进了乌鸡笼子里躲起来。狸猫睁眼一看，气得暴跳如雷，"呜嗷"一声便扑过去，但脑袋却被卡在笼子门口了。

"谢谢你把我从米缸里救出来，傲慢的狸猫先生。"现在轮到鼹鼠哈哈大笑了。

狸猫恨得咬牙切齿，使劲地往前钻了钻，这下更糟糕了，它进不去也出不来。鼹鼠便在它的哀叫声中从乌鸡笼子的饮水口钻了出去。

把 关

这日，比特公司总裁威尔逊先生通知女秘书兼人事部部长盖娜说："今天将有一位小姐来应聘本公司急需职位，请把好关口。"

不久，办公室里果然走进一位金发碧眼的年轻女孩，她脸上笑盈盈的，朝盖娜伸出了手："您好！"

盖娜并没有同她握手，而是示意她坐下来。

"姓名？"

"自我介绍一下，我叫艾丽·约维特，金融应用专业本年度研究毕业生……"

"请填表。"盖娜打断艾丽的话。

艾丽耸了耸肩，埋下头一字一画地将这张栏目繁多的应聘表格填满。

"面试结束，请转入下一个程序——笔试。"

盖娜一脸严肃，冷峻地注视着眼前这个漂亮活泼的女孩，希望能挑出哪怕一丝一毫的毛病。可盖娜失望了，艾丽不仅青春漂亮，而且专业知识也无可挑剔。最后，盖娜只好通知她："你明天可以来上班了。"

艾丽被安排到总裁办公室担任金融政策秘书。

然而，头一天上班，盖娜就发现，这位艾丽小姐真不简单啊，很快就认识了威尔逊总裁，并且向他献媚——不是朝他耸耸肩，就是抿一下嘴巴。盖娜不由得满头起火。

下班后，盖娜通知艾丽："你明天不要来总裁办，到秘书科去吧。"

"为什么，盖娜小姐？难道我今天的工作干得不好吗？"艾丽深知，去了秘书科，等于自己职降一级了。

"那我就直言相告，在这里，我才是威尔逊总裁的直接负责人，任何工作都由我向他汇报，其他任何人不得与总裁亲近。在这里，向总裁表达感情的唯一方式是脚踏实地地工作，而不是令人作呕的媚眼。就这样！"说完，盖娜就叮叮咚咚地走了。

艾丽瞪圆了双眼，深深地吸了一口气。不过，她总算明白了。

艾丽在秘书科里汲取教训，埋头工作。偶尔碰到威尔逊总裁光临，也赶紧把头低下来，假装没有看见。

躲在一边观察的盖娜冲艾丽的后背哼哼地冷笑。

然而，在一个休息日，盖娜又目睹了一幕令她难以接受的事件。那天中午，盖娜驱车去威尔逊总裁的家里——当然是自己找上门去的，她知道总裁先生最近很忙，忙得连吃饭穿衣都顾不得料理，因为他正准备与另一家金融企业合作，而有关政策性的细节尚难以敲定。他一向反对在这个时候去打搅他。正当盖娜把车停在门口，犹豫不决时，她的眼光穿过玻璃看见艾丽小姐正从威尔逊总裁家里跑出来，脸上还带着未尽的微笑。

"小妖精！"盖娜恶狠狠地骂了一句，"我举棋不定，你倒捷足先登。"

盖娜掉转车头。她已无意去看望总裁，而是赶回家里起草《通知》。艾丽再去上班，就被莫名其妙地调到了资料室，这就是说，连她的工种也换掉了。艾丽实在想不起在哪里得罪了盖娜，哭丧着脸一打听，得到的答复却是："你自己比谁都明白。"

艾丽想了想，若有所悟。她已感觉到盖娜一直在提防她，所以自己的一举一动难逃盖娜的视线。想到这里，艾丽的脸色越发难看起来。看来，要想在盖娜面前恢复信任，很难。

可就在这时，只听总裁办一阵大乱，有人喊："威尔逊先生晕倒了！"艾丽再也无法镇静，她霍然起身，朝总裁办跑去。虽然盖娜此时正扶着威尔逊总裁，但艾丽还是情不自禁地拉起了总裁的手，泪眼朦胧。

"松手！"盖娜朝她狠狠瞪了一眼。艾丽吓得一哆嗦，但手终于还是没有松开。"去叫一个小伙子来，把总裁背进车里去。"

"不！让我来背他。"艾丽弯下腰，让总裁趴在自己身上。她咬着牙将威尔逊先生背到门口，双腿被压得不停打颤。上了车，她还不顾盖娜的眼色，执意要亲自送总裁到医院去。盖娜恨得牙齿嘣嘣响。

当威尔逊先生在医院里苏醒过来后，盖娜正式通知艾丽："这里没有你的事了，回去结账吧。你从明天起就不用来公司上班了。"

艾丽咬着牙，眼泪止不住地往下淌。

威尔逊总裁示意她们靠近他。他拉起艾丽的手，微笑地说："艾丽，你再一次违犯了盖娜小姐的命令。"

"是的！可是，可是，我们毕竟……当您晕倒在地时，我怎么能袖手旁观？这是血缘，这是亲情啊，亲情是掩饰不了的呀，难道不是吗？我的、我的……爸——爸！"

金丝猴风波

金丝猴作为野生动物，被国家列为重点保护对象，所在地也划成自然保护区。这件事一下子在动物世界传开了。

这天吃罢晚饭，闲着无事，鸡鸭鹅鹌鸽、猪马牛羊兔等五禽六畜们，不约而同地聚在一起，虽然个个心中愤愤不平，可都不愿提起这事儿。你想，人家正走红运，提人家干啥，嫌人家金丝猴名气不够响咋的？

到底，爱吵爱叫的野鸭公忍不住了，它突然打破沉默："哼！官场有个人，胜似有金银。一点不假呀。"

"这话咋讲？"

"那金丝猴被保护起来了，无忧无虑好逍遥，不全仗那个金兀术！"

"金兀术？"众禽畜不解。

"嗨！他们同姓连宗呗。你想，岳飞大战金兀术，金兀术多出名，扫南大元帅、朝廷重将。他说句话，还不听他的？"

大家点点头，表示赞同。

野鹅最瞧不起野鸭子。在田里抢食吃，野鸭子仗着它个子小灵便，一口气儿抢光了，颗粒不留，野鹅们最恨它。这时野鹅不屑地骂道："你小子放人屁！那金兀术死多少年了？人死茶凉，他的话还管用吗？"

"可不是嘛。"野猪嗡嗡地开口了，"我说呀，金丝猴这小子被保护了，靠的是它祖先的叔伯兄弟。"

"谁？"

"石猴孙悟空呀！咱老先人猪八戒还跟孙悟空是师兄弟呢。那孙猴子被人捧作是爱憎分明、火眼金睛的齐天大圣，多神气呀。俗话说，爱屋及乌，人们爱孙悟空，也就爱金丝猴，所以就保护它。"

话没说完，野兔儿突然蹦到它面前："你是猪嘴胡说。那孙悟空是书上瞎编的人物，根本没这回事儿。我看呀，国家的许多会议在庐山召开，那儿风景好，人们一高兴，就划个自然保护区，金丝猴也就跟着沾光啦。"

"你才是东扯葫芦西扯瓢！金丝猴住在四川峨眉山，根本不是庐山。"有动物反驳道。

野兔儿红着脸，搔搔长耳朵，讷讷地说："那，反正都一样呗。"

"哈哈。"一直没开口的老野牛发话了。它沉默寡言，但满肚子学问，大家都听它的。"你们都说错了，金丝猴根本没人缘，它之所以被保护起来，无非是送礼啦——现在办事情，谁不送礼？"

"送礼？可它哪里有钱呢？"

"这不假呀，"老野牛说，"可它能搞'美人计'呀。你们想，北京、天津、上海，哪个动物园没有金丝猴？这叫变相送礼。讨得了人的欢喜，也就自然被人保护起来了。"

一席话，说得大家心服口服，外带佩服。

这时，天黑透了，禽畜们仍然愤愤不平地议论着。

突然，一只大雁风尘仆仆地飞了过来，朝大家喊道："好消息好消息，我刚才路过首都，得知国家正在制定一部《野生动物保护法》，所有野生动物都将在被保护之列。"

禽畜们一听，都高兴地笑起来，纷纷说道："我说呢！那金丝猴有什么了不起的，干吗就它一人牛皮哄哄？"

但它们说着说着，个个脸上不觉已腆红起来了。

有个亲戚当大官

梅子嫁给二球时，村里人都夸她有眼力哩。其实二球一点儿也配不上梅子。二球长得黑、长得瘦、长一对鼠眼，从小到大有一种改不了的"吹"毛病。但漂亮的梅子看上的不是这些，梅子看上的是二球有个远房表舅在北京当大官。你想，农村女娃子，有几个能嫁给有钱有势的人？嫁给土里刨食的种田汉，一辈子的出息就那样了。但二球不然，自从他有一个表亲当大官之后，他的前程就处在充满希望的十字路口上，何况有一年他亲自去了一趟北京，回来时换了一身新西装，戴着一块黄灿灿的手表。他宣称这是一块金表，他的表舅送给他的；还说一旦有机会，表舅就提拔他。你想，二球的身份不是成倍增长了吗？在这个节骨眼儿上，梅子捷足先登嫁给了二球，就等于自己的身价也成倍增长。

左邻右舍的人开始敬重二球、敬重梅子。门口时常有妇女喊："梅子姐，我家种的新鲜菜吃不完，你帮助吃点。""梅子姐，我那口子赶集带回的香瓜，你来尝一口。"梅子大大方方地应酬着，心里充满着出人头地的优越感、幸福感。二球家要盖新房子，到砖厂去赊砖，厂长说，拉去用好了，提钱干啥？二球说，那我就当仁不让了。二球请木匠，木匠说，给你干活没说的，就当我给自己干一样。听说二球要盖洋楼，全村上下家家户户出一名帮工。不久，一座不花钱的二层小洋楼就盖成了。

梅子越发感慨，感到自己当初嫁给二球的决定是多么英明。她深知，所有这些都是在北京当大官的表舅带来的。梅子是那种饮水不忘挖井人的人,心里惦记着哩。秋日,家乡的土特产丰收了,梅子就极力撺掇二球带她去北京酬谢表舅,顺便打听一下表舅提拔二球的事。

谁知梅子自京城回来,落成了一副病怏怏的样子,眼圈里还残留着泪痕,倒在床上不吃不喝。村子里的人听说二球两口子回来了,纷纷来问安。有人问二球:"什么时候我们喝你的喜酒呀?"二球说:"我表舅说了,中央正在搞廉政建设,抓得紧,等缓一缓就办。"来人便点头:"是哩是哩。当大官的也有为难之处。不过迟早会有机会的,是亲三分向嘛。"接着,二球开始高谈阔论城里的见闻,吹嘘他表舅家如何富比王侯,吃的穿的用的都是带"金"字的,金碗金床金丝衣,一屋子金光闪闪的,上厕所也得有八个警卫跟着。吹得大家吐舌头、咂嘴巴。

有女人问梅子咋的啦?二球说:是坐车累的。

其实梅子害的是心病。梅子随二球进京,住进一家小旅店里,二球从不让她出门,警告她外面有人贩子。二球只一个人出去跑,回旅店后从不主动提表舅的事。梅子追问,他才答:"咋进得去?门口有站岗的呢。""你不是有一年去过吗?还送你一块金表。"梅子逼问,二球笑而不答。梅子就和他翻脸。最后二球揭了底:"按理讲他应该是我表舅。可没人作证,又没人引见,咋个相认?"

"你这个骗子!",梅子悔恨交加。

二球说:"你看你,一点眼光都没有。我不骗,有人给你送东西吗?"

梅子无言以对,精神却垮了下来。

村里的妇女得知梅子病了,纷纷拿鸡蛋来看望她。看到乡亲们依然这样敬重她,梅子的心踏实多了。她想不出一旦失去了往日的尊贵,自己的面子往哪里搁,事到如今,只好将错就错吧。所以,有人问她京城的见闻,梅子就随着二球的口吻说话。

二球在外面继续天花乱坠地胡侃。开始人们不同程度地表示怀疑,后来问梅子,梅子也说是真的,这下子大家都相信了。梅子毕竟是梅子,口碑好，不像二球。越来越多的人对他们另眼相看。村干部们从不收他们的农业摊派款，一切生产资料都让他先使用，没有人敢欺负他们，他们走到哪里都有人管吃管喝。一天，村干部对二球说："干脆你来当村主任吧。"

当了村主任的二球，捞钱更容易了，最后，连心都捞"花"了，回到家里逼梅子跟他离婚，天天打梅子、骂梅子、残害梅子。梅子开始不愿，后来抵不过，就咬着牙说："离就离，但我要把你的真相全说出来。""那你就说吧。"二球冷笑着。梅子逢人便揭露二球的真相。

奇怪的是，开始村里的人还同情梅子，自从梅子揭露二球的真相后，大家纷纷摇头说："逼你离婚归逼你离婚，但你不能说二球的坏话。"更叫人不可思议的是，梅子的婚还没有离，就有许多人忙着给二球说媒，有女儿的赶自己最漂亮的女儿说，没有女儿的就赶本村最漂亮的女孩说，村里没有最漂亮的，就赶自己亲戚家最漂亮的女孩说。时间不长，二球就相了好几个亲。

梅子不能再让同胞姐妹跟她一样受骗，就挨家挨户揭露二球的真相，谁知没有一个人理她、同情她，甚至赶她、骂她。人们都说："二球是骗子，那你当初干吗嫁给他？""他要和你离婚你就说他的坏话，可见你也不是一个好女人……"梅子披头散发满街跑，一边跑一边喊："他是骗子，他是骗子……"

梅子疯了……

三十年后再重逢

老人家是含恨而死的。他平生最大的遗憾是没有盖一栋像样的房子，尽管他付出了一生的心血，结果还是死在三间茅屋里面。临终时，老人拉着三个儿子的手，叮嘱说："孩子，往后靠你们自己了。如果你们孝顺的话，就好好努力，争取住上楼房，我在九泉之下也就瞑目了。"

老人死后，三个儿子已经成年了。他们牢记父亲的遗嘱，决定各奔前程，各显其能，比一比谁最先住上楼房。他们还约定，不管走南闯北，不论成就大小，三十年后的今天还在老家门前相聚，把自己的成就展示出来。

老大是一位诚实本分的农民。他想：我没有多大能耐，只有一身力气，那就凭自己的双手一分一文地积累吧。他算了算，要盖一栋三十年后还不落后的楼房，预算花费五十万元，平均每年要攒一万多元。于是，他省吃俭用、常年当日地不停劳作。刚开始，他能够做到的就是每年养几头肥猪、喂一群鸡鸭；后来，他又去做买卖、承包田地荒山、积沙成塔、集腋成裘，几经周折几多坎坷，终于赶在三十年前约定的日子之前，盖了一栋漂亮、雅致、超群的三层小洋楼，里面装潢精美，设备齐全，可以和时下城市的豪华别墅媲美。

老大望着自己多年心血的结晶，笑了，含泪地笑了。是啊，终于可以告慰老父的亡灵了！尽管他累弯了腰、耗尽了精气神，一张老核桃脸上刻满了读不尽的风霜辛劳,但毕竟如愿以偿了。在约定的日子到来之际,他花完最后几块钱,买了一瓶白酒,几碟小菜,他要当东道主,迎接远道而来的二弟和三弟。

最先回来的是老二。二弟虽然两鬓苍苍,但精神尚好,气色尚佳。他拥抱着分别几十年的兄长,欣慰地笑了。他参观了大哥新盖的楼房,赞不绝口。然后他掏出一幅照片,展示给大哥看。照片上面是幢楼房,一看就是几十年前盖的,墙上的白漆正在剥落。

"怎么,二弟买了一幢二手楼房?"老大心里有些庆幸。

"不是。三十年前,我离开大哥后就进了城,由于有点文化,我很快被招进工厂,不久又转了正。转正之后,我做的第一件事就是用抵押贷款的方式购买了一幢楼房——喏,就是照片上的这一栋,它价值一百万。从此,为了还贷,我勤俭持家、贫困度日,直到几天前,才还清最后一笔贷款和利息。不过,这幢楼房终于归我了。"

老二望了一眼吃惊的大哥,接着说:"尽管它已经落后了,毕竟我在三十年前就住上了楼房。也就是说,早在家父去世不久,我就实现了这个愿望,对得起他老人家了。"

老大闻言,顿觉汗颜,不禁感慨地说:"我直到现在才住上楼房,而你却在三十年前就住上了。二弟,还是你比我强啊。"

老二连忙安慰道:"大哥有所不知,人无远虑,必有近忧。虽然我早就住上了楼房,可如今工厂倒闭了,我也下岗了。由于一生积蓄还了贷,又缺乏经济来源,我只好再把楼房租出去。"

老大也深有感触地说:"是啊,二弟。我也一样,楼房盖成了,我也老迈了,不能自食其力,往后也只能靠租房度日了。唉,没想到我们毕生奋斗的结果,还是为他人做嫁衣啊!"

兄弟俩拥抱在一起,个个老泪纵横。接着,他们一边喝着酒,一边谈着这些年受的苦。最后,他们挂念说:"不知三弟过得怎么样呢!"

正在这时,老三风尘仆仆赶回来了。他精神矍铄,脸色红润,全身发着福,穿一身笔挺的西装,手提一只密码箱,笑意写在脸上。他同两位哥哥寒暄了一阵,然后坐在他们面前,从上衣里掏出十几张照片,有的已经发黄,有的还像新的一样,上面全是不同楼房的全景照。

"哇,你盖了这么多楼房?"大哥和二哥大惊失色。

"不是的。"三弟摇了摇头,兴致勃勃地说道,"它们是我这三十年来租住的楼房。当年,我离开家乡后流浪在各大城市,靠打工谋生。说实话,凭我的机灵劲儿,买一栋楼房也许并不难,难的是,一旦买了楼房,我就被捆住了手脚,寸步难离;而且人死之后,楼房也不能带进棺材里,终归是别人的财产。思前想后,我认为买楼住不如租楼住。于是,我不管走到哪里,都把收入分成三份,一份为了租房,一份为了日常生活,一份结余下来防老。我两三年就搬一次家,已租住了十几栋楼房,有地处繁华闹市的,有毗邻大海的,有中式的,也有欧式的……总之,想住什么楼房就租什么楼房。而且,由于我勤奋工作,收入可观,生活费也相应充足,因此吃穿不愁,该享受的也都享受了。现在,我和你们一样老了,该退休了,幸亏我留下了这么多积蓄。"

老三指了指他的密码箱,继续说道:"这些钱足以使我度过幸福的晚年。大哥二哥,我刚进门时听说你们想把楼房租出去,那就租给我吧。想住乡下时,我就租大哥的楼房,想住城里时,我就租二哥的楼房。这样,你们就不用担心余下的日子,我也能够继续住上楼房了。"

大哥二哥闻言,含着眼泪,一齐向三弟举起了酒杯……

香　炉

卫家湾的卫火贵年老体衰时，在传香炉的大事上竟犹豫起来了。卫家香炉，极"古色"，祖传，铜质，已经传接十几代了。这香炉传给哪位后人，这位后人就是一家之主，肩负着给先人烧香供位的大任，要不咋叫"传宗接代"？所以十分慎重。按理讲，香炉都应传给长子，可卫家的两个儿子，老大叫大头，不是亲生子，毕竟缺乏血缘嘛，有心传给老二二把儿，又怕世人风言风语。老卫无法，便治了一桌酒席，请村中德高望重的老字辈们聚集一堂，征求大家的意见。

谁知，大家听了卫火贵的意思，皱眉头，捋胡须，竟然低头不语。其中一个老头儿笑眯眯地说："这样吧，把大头和二把儿叫回家，让大家鉴定一下。"

两个儿子回家，一个蓬头赤脚，身上汗淋淋的，一个叼着烟卷儿，走路像跳舞。卫火贵问："你们干啥去了？还不给几位老伯见礼。"大头便给大家一一鞠躬施礼，二把儿却嘿嘿地乐。

"大头，你忙啥了，累一身汗？"卫火贵问。

"犁东边的山地。"大头说，"牛昨天干了一天活，今天有点吃不下，像蚂蚁爬。我怕犁不完，便把牛卸下来，抛到山上吃草，自己用锄头挖。"

"咋不用棍子打？牛是惯得的吗！"

"打了两鞭子，它还是那样。我怕打伤了它，就、就……"

二把儿忍不住"扑哧"一声笑出来。

"你笑啥？"卫火贵问。

"我笑我哥，啥出息！我早上犁西边的山地，他妈的黑牤子比人还奸，以为我是生手，好欺负，在地里乱跑。我说：让你跑！把犁尾巴往上一提，犁尖就斜插进地里，它越跑，我越提，黑忙子累得呼哧大喘，老老实实听话，再也不敢乱跑了。"

卫火贵骂："亏你做得出来！"

两个儿子一走，老客们就议论开了。老客们都是庄稼手儿，知道牛对于庄稼人的分量，哪能容忍二把儿这样糟蹋牛？一个老者说："卫大哥，恕我直言，这二把儿做事阴险狠毒，如果成为未来的当家人，恐怕……"说着，闭目摇头。

其他老客也纷纷进言："二把儿傲气十足，对客人毫无礼节，将来……"

"老卫家自古以来可是忠厚之家啊。"

接着，老客们都看好大头："虽然大头不是亲生，但是你一手养大，理应也是卫家传人嘛。"

"大头不仅待人有礼貌，而且做事身正心善，乃忠厚本性。"

"是啊，古人言：忠厚传家久，诗文济世长啊。"

卫火贵思忖良久，只好采纳了大家的意见。

在一个精心挑选的日子，卫火贵隆重举行仪式，正式把铜香炉传给大儿子大头。大头长跪不起，一脸虔诚。二把儿却愤然离家出走……

十年后，在卫火贵三年大祭的日子，一大早，一个满头乱发，身着破衣的中年人，手捧铜香炉来到卫火贵的坟前，扑地号啕。

他是大头。大头拜接香炉、成为一家之主后，赶上了改革年代。他试着做茶叶买卖，结果把肥猪壮牛都赔进去了；跟人去建筑队打工，人家嫌他呆笨，辞了他；给人打石头、挑河沙，又被人骗了好几回。自叹不是挣钱的料，只好老老实实种地，勉强糊口，如今仍然孤身一人。"爹呀！我辜负了您的期望，我断了祖宗的香火，我是大逆不孝啊！"

正在这时，身后站着一个人，像狼嗥一样哈哈大笑起来，把大头吓了一跳！原来是二把儿不知什么时候回来了，左手拉着儿子，是第一任老婆生的；右手扯着闺女，是第二任老婆生的，身后又站着年轻可人的第三任老婆。二把儿笑罢，也不跪，阴阳怪气地说道："爹！当年你看不起的二把儿回来给你祭灵了。"

大头急忙面向二把儿，把香炉举过头顶："我不配，兄弟你接了吧。"

二把儿理也不理，朝身后一挥手，只见几个大汉抬着一只镀金特制大香炉飞跑过来。一个人率先跑上来，躬身道："卫总，抬过来了。"

"快点，给我装在老爷子的坟前。"又对大头说："从此以后你天天住在这里给我守墓，我管你吃喝。哼，你也只配干这个。"

大头眨巴眼睛，一愣一愣的，不敢开口。

最后一片野果林

我小叔土蛋是望天冲最后一个吃野果子的山民。

望天冲八山一水一分田，靠山却不能吃山，因为山上长满了刺藤树。每年秋天，刺藤树上结满野果子，又红又小，像野樱桃，吃起来又苦又涩，根本不入世人的眼。除此之外，山上什么都不长。自古以来，山民们以山上的野果子为水果和零食，野果子一红，大家都上山采摘，鲜吃，直到吃得满嘴发苦、舌头根僵硬，这才把剩下的野果子扔掉，过着再也没有水果吃的穷日子。直到后来，望天冲出了个能人叫金旺……

金旺是望天冲第一个把自留山变成花果山的山民。这小子有文化，也有见识，他率先挖掉了漫山遍野的刺藤树，栽上了板栗、银杏、木梓树，等树上开花结果了，被山外来的人抢购一空，金旺便成了望天冲的首富。他率先盖起了两层洋楼，买了一辆大卡车，家里经常摆放着苹果、橘子和梨，过着小地主一样的日子。后来，观望已久的山民们纷纷坐不住了，也学金旺挖山开地，栽板栗、银杏和木梓树，虽然收获不如金旺，却也一个接一个地发家致富了，家里吃起了从外地买来的真正水果。

然而，就在这时，望天冲突然流传着一个可怕的谣言：望天冲地脉薄，撑不起福，谁想在山上打主意，老天爷就处罚他。言之凿凿，有理有据。原来，自从山上栽种板栗、银杏和木梓树时起，望天冲突然流行一处怪病，学名叫顽固性夜盲症，一到晚上就看不见东西。这病是从金旺开始得的，然后是金旺一家人，接着富起来的山民一个接一个地得起了这个可怕的夜盲症。尽管夜盲症只是在黑暗处看不见东西，并不妨碍白天的劳动，但仍让人心悸不安。这件事终于让一个山民逮着笑柄："活该！想在穷窝子里翻身，问问你的八字够不够吧？"

这个山民不是别人，正是我的小叔土蛋。

不过，土蛋很快就发现：得不得夜盲症，与贫富没有一丁点儿关系。

土蛋好吃懒做，住在三间破旧的草房里，田里种的庄稼只够一个人吃，除了干一点儿农活，大部分时间就是睡大觉。虽然穷困潦倒，却不思进取，自甘落寞。他听说进城打工，一个月能赚好几千，便扔掉田地，一个人进城当了民工。

土蛋在打工期间依然好吃懒做，打工三年，没有攒下一分钱，却把眼睛"打"坏了——连他自己也得了夜盲症。土蛋吓坏了！他不知道自己为什么也得这种病，不是富人才得夜盲症吗？怎么自己穷得丁当响也这样呢？只好卷起铺盖，跋山涉水回到望天冲，回到自己的草屋。那时，正是秋季，自留山上的野果子红了一片。土蛋爬到山上，摘了一捧又一捧野果子解馋，直吃得嘴唇发苦、舌根僵硬，这才倒在山上睡了一觉。一觉醒来，夜盲症居然好了！土蛋这才发现，得不得夜盲症，只与吃不吃野果子有关。

土蛋获得了这条重要信息后，开始重新审视这片仅有的刺藤树，不由得惊喜万分：幸亏自己还保留着它！他不知道野果子与夜盲症之间究竟是啥关系，但这片野果子的的确确治好了自己的夜盲症！这时，土蛋又多长了个心眼儿：不能把这个秘密告诉任何人，否则山民们会来哄抢一空；再者，谁让他们把自己山上的刺藤树挖掉了呢？想发财，你就得付出点儿代价！

土蛋一边幸灾乐祸，一边破天荒整理起自己的自留山。一向懒惰的他，居然在刺藤林周围筑起了一道高墙，上面栽上蒺藜树；为了防止别人钻进林子来，土蛋还放养几条大猎犬，在山中日夜巡逻，接着，他又在山上搭了两间草房，日夜守护着。

就这样，土蛋成了望天冲最后一片野果林的守护者，自然也是望天冲唯一一个没得夜盲症的山民。每到晚上，家家户户大门紧闭，狼狗把门，山民们早早安歇，只有土蛋成了夜游神，在山村中串来串去，大声唱歌。万一谁家夜间有事，就请土蛋代劳，自然付给他双倍酬谢。土蛋一下子成了望天冲人人讨好的香饽饽。

然而，就在这一年，土蛋突然害了场重病，一天比一天严重。看来挺不过去了，土蛋想起了医院。但土蛋是望天冲唯一的贫困户，连一分钱的押金都交不起。被逼无奈，只好抖抖索索地去找金旺借钱。如今，金旺不仅年年卖板栗、银杏和木梓，还开了个水果批发站，钱自然越赚越多。

为了借到钱，土蛋打算出卖不得夜盲症的秘密。土蛋说："金旺，你知道我为什么不得夜盲症吗？"

"我早就知道了。"金旺笑道，"我曾经去科研机关了解过，秘密就在野果子身上。我们望天冲人人体天生不能合成一种物质——牛黄酸，缺少牛黄酸人就得夜盲症，正好野果子里含有大量牛黄酸，可以补充。"

"你早就知道？"土蛋大吃一惊，"那你怎么还挖了自留山上的刺藤树呢？"

"你觉得，是贫穷好呢，还是一双好眼好呢？"金旺意味深长地说，"如果一个人天天过着穷日子，就算有一副好眼睛又有什么用呢？而且，科学家已经找到根治这种病的方法，马上就会临床应用。治眼病是可以等的，可发财致富怎么能等呢？一等就错过了机会呀。"

土蛋闻言，羞得满脸通红，无言以对，低下头陷入长久的沉思之中。不久，便离开了这个人世。

打银枝

"两万"婶自打知道自己命中注定无儿时起,就把后半生的依托全指望在两个闺女身上。她想:两个闺女个个中看,在村里数一数二,一个闺女收两万彩礼不为多吧?那么两个闺女就值四万。有这四万块的彩礼,何愁老了没得花?所以,她向外宣布:谁能出两万块钱,谁就能娶到她的闺女。

邻村的"百不成"攒了两万块钱,打算娶"两万"婶的大闺女金枝。"百不成"是诨号,正经行业是狗屠夫,以杀狗为生。但他不安心等人送狗上门,而是趁黑夜进村偷狗,名声极坏;加上长一脸横肉,粗眉环眼,三十大几还打着光棍。"两万"婶却不管这些,她只认准"百不成"手里的钱。

金枝却不答应嫁给"百不成",死活不答应,说自己同村里的宝根好上了,心中只有宝根。"两万"婶生气了,说:"你嫁给狗我都不管,只要它能出两万块钱。"可宝根家里根本没有这么多钱。"两万"婶便说:"那你就认了'百不成'吧。"金枝是个温顺的孩子,不敢和娘作对,只有向娘跪着哀求:"娘,你这是逼我啊。"

"两万"婶气狠狠地说:"你嫁宝根也可以,先让我死了再说。"说着,就摸出一根绳子往梁上套。金枝不能没有宝根,更不能没有娘,就抱着娘说:"娘,你不能死啊,你死了我还有脸活下去吗?我听你的就是。""两万"婶这才放下绳子。

娘保住了,宝根却难保住,金枝便哭,整夜整夜地哭。哭罢了,就对"两万"婶说:"娘,我想过了,我还是要嫁宝根,别人我不愿意。""两万"婶一听,吼声"我不活了",抬腿就往水塘里跳。金枝拼命地追赶,一路喊"娘啊娘啊"。"两万"婶跳下水塘后,金枝就赶上了。金枝哭喊道:"娘,你不能死啊,这回我真的听你的。"

眼看嫁"百不成"的日子越来越近,金枝万念俱灰,于成亲前的一个晚上悄悄投水自杀了。

"两万"婶彩礼没收着,还搭上了闺女的一条命,气得把金枝骂了一顿,说金枝是个败家子,害得她丢了两万块钱。

"百不成"娶金枝不成,又打银枝的主意。"两万"婶还是那句话:谁有钱,谁就是姑爷。然而银枝照样讨厌"百不成",照样喜欢宝根。金枝死后,宝根差点也跳了塘,被银枝救起来了。银枝认为宝根是个好后生,除了穷点,啥都好。既然金枝不在了,她就决定替姐嫁过去。

这日,"两万"婶通知银枝说:"马上嫁'百不成'。"

银枝说:"我偏偏嫁宝根。"

"两万"婶一听,火冒三丈,说:"跟你姐一样的傻东西。那宝根给钱吗?"

"给呀!一分不欠。"

"钱呢?"娘不相信。

银枝就掏出一张纸,念道:"今欠到娘的现金两万元整,每年付款一千,分二十年付清……"

"两万"婶还没听完就跳起来了,骂道:"原来他想打欠条?他白日做梦!"

银枝笑道:"娘,你老今年五十,再活二十年不多吧。我和宝根虽然没有大钱,但一年一千块钱还是付得起的,保证说到做到。另外,你百年之后,我们免费送你上山,给你披麻戴孝。"

"天啦,我在你心里不如宝根。我养你容易吗?我不活了!""两万"婶捧着脸就哭,哭了之后,就找绳子要上吊。银枝说:"娘,你上吊吧,我求之不得。你死了,这两万块钱就不用还你了,我和宝根可就占大便宜了。"说完,背着工具下地干活去了。

"两万"婶见吓不住银枝,就扔掉绳子,追出门来又哭又闹,骂银枝是个不孝顺的东西,骂完了就往水塘里跳。银枝笑道:"娘,你想跳塘玩儿你就跳吧,我可没看见。"然后又蹦又跳地走了。

"两万"婶见银枝不来救自己,气得从水塘里爬起来,摸根棍子就追打银枝,一边哭着一边骂着。银枝起先是小步慢跑,嘴里念着娘教她的童谣:"打是亲,骂是爱,老娘打儿儿不怪;早上打出门,晚上又回来……"等娘追近了,她就大步往山上跑,嘴里喊着:"娘,加油啊!不加油就追不上了……"跑着跑着,忽听娘的叫骂声转了弯儿,就止住脚步。

原来,"两万"婶拐到了金枝的坟前去了,一坐下就号啕大哭,说:"金枝,你这个傻丫头啊,你若像银枝一样,娘也逼不死你啊……"

银枝站在"两万"婶身后,等娘哭完了,就笑着问:"娘,还跳不跳塘啊?""我才不像金枝那样傻!""两万"婶抹把眼泪,站起来拉着银枝就走,说:"回去!事已至今,我也没啥说的,但宝根必须倒插门来。"

银枝回头望了一眼金枝的坟头,不知怎么地,眼泪竟下来了。

瞧家儿

娥子疯了！

娥子是村里第一个发疯的姑娘。常言道：疯子都是聪明人。聪明人想得太多了，想不通就发疯。娥子就是这样的一个女孩子。

娥子发疯的原因是相亲。乡下不叫相亲，叫"瞧家儿"，就是媒人领着姑娘到男家去，美其名曰"看房子"，有了好房子就能相中，好像不是嫁男人，而是嫁房子。

领娥子去相亲的媒人是莲嫂。莲嫂领着娥子在男家的房前屋后转了又转，一个劲儿夸房子好。但娥子无心看房子，她想看人。直到一顿上好的饭菜吃完了，一番精心的招待享受过了，才见到想要见的男孩，也仅仅是打了一次照面，连一句话也没顾得说。就在这时，主人婶子从衣包里掏出用红布包裹的五百块，双手递给娥子，道："大姐，见笑，这点钱你就拿着买件衣裳穿吧。"

娥子接不是，不接也不是。接了，就等于这房子相中了，也就是说，这亲相成了。不接呢，就等于没相成，主人家是很不满意的，媒人脸上也无光。所以，既然去相亲了，没相成的很少。但娥子决不这样草率。娥子想，这是终身大事呀，没想好怎么能轻易接人家的钱呢？所以就有心不接，就想说："不着急，让我考虑考虑再定吧。"但第一次相亲的那令人伤心的一幕宛如昨日一般……

第一次"瞧家儿"也是莲嫂领去的。虽然房子不怎么样，但小伙子看起来不错，模样挺帅的，也热情大方。可这只是外部感觉，他的人品怎么样呢？他对未来的生活有什么打算呢？所以，当男孩的母亲把五百块钱送到她手上时，娥子诚心诚意地说："婶子，这钱您先留着，我和您儿子刚见面，还不完全了解，等相处一段时间再决定吧。"这话本来没错，可乡下的风俗，给钱不要就是这家没瞧成，娥子说的那些话就是她的托词。果然没走多远，身后就响起一片讥骂声：

"长得不也那样吗，嫌好做歹的。"

"还说没完全了解，不要脸，说得出口。"

"了解什么，哪个男人没长那家伙？"

娥子禁不住哭了。

家没瞧成，莲嫂脸上无光，一生气好几年不给娥子当媒人。今天如果她不收定钱，岂不又走上回的老路。她抬头看了看大家，个个提心吊胆，点头哈腰，等她做出那成败攸关的举动，连莲嫂也紧张地盯着她。她叹了口气，对莲嫂说："嫂子，你先替我拿着吧。"

大家这才松了口气，主人家胜券在握，一串人情到礼周地把她们送出很远很远……

自从这次瞧家之后，娥子度过了许多不眠之夜。总想：那人到底怎么样呢？自己能和他合得来吗？他会体贴人吗？更重要的是，他对今后的家庭有什么打算？如果他是个粗暴的人，或者是个胸无大志、吃喝玩乐的人，结婚后自己肯定要挨打受气的呀。想来想去，她决定一反常规，约男方见上一面，认真地谈一谈。这只能求助于莲嫂了。就在这时，莲嫂兴冲冲地跑来了，声音十分洪亮地对娥子说：

"恭喜恭喜，男家让你明天去登记。"

"明天就登记？"娥子惊讶地问。

"你不是已经接了人家的定钱吗？迟早也得登呀。那家开口很大方，登记时给你两千，过门时再给五千。"

"可是，我还不了解人家，怎么能登记结婚呢？"

"你看,你又犯这个毛病。你了解啥?你能了解得清吗?我结婚前,和男人一次面也没见着。还好,男人的脾气算不错,不然,撞个怄气包,也只好一辈子受着。"

"一辈子的大事,能瞎撞吗?莲嫂,求你去说说,我不是不答应,只是想考虑考虑。""你这样做,人家会以为你脚踏两只船。其实人家早就跟我通气了,你如果不答应就早点说,他另找别人,反正他家有的是钱,不愁找不到媳妇。"

"莲嫂,那我该怎么办呀?"娥子急得要哭。

莲嫂叹了口气,道:"我们哪个女人还不都是认命。再说,你年龄不小了,失去这次机会往后就更难找了。"

第二天,莲嫂带着男家的最后通牒来找娥子,进门一看,大吃一惊,娥子披头散发,疯了。

莲嫂又可怜又可气,垂泪叹道:"这丫头,聪明过度,成傻子了。"

主任丢了一把锹

这件事传出去之后,张窑村的人都惊呆了。"这龟孙大概吃了豹子胆吧,不偷张三不偷李四,却偏偏偷村主任的东西,抓住了还有你的好吗?"一村的人都在议论这件事。

原来,这天早上,村主任扛着一把锹,在村前走了一遍,一边抠眼窝屎一边气狠狠地骂:"好,你敢偷我的锹!龟孙的你敢偷我的锹!"村里的人便都知道了这件事。人们没问村主任是何时丢的锹,也没问是什么样式的锹,不是不想问,而是不敢问。大家都在反躬自问:"不是我偷的吧?不是我家里人偷的吧?"然后又替偷锹的人捏把汗。

村里的张窑匠坐不住了。自从那年忍无可忍到乡政府告了村主任一状之后,主任一直拿小眼瞧他,瞧得他头不是头,脸不是脸,腰杆儿也矮了几公分。要是被主任怀疑上了是自己偷的锹,往后自己还有好日子过吗?不行,我得去找主任。

张窑匠找到村主任家时,主任刚从地里转了一圈儿,摇摇晃晃地正好回家。张窑匠就迎过去喊:"主任,主任,这把锹可不是我偷的呀!"

"噫,我说是你龟孙偷的了吗?"主任不满地说。

"是,看我又在胡说!"张窑匠给了自己一巴掌,"主任,我请你到我家去搜搜好吗?"

村主任眯着眼睛瞧他,没吱声。

张窑匠被瞧得打了个冷战，可怜巴巴地说："主任，我求求你了，我一辈子就求你这件事，你无论如何也要答应。其实，我一直很敬重你呢，其实，那一年的事……好，我不提了，我胡说八道！主任，你大人不记小人过。"

张窑匠一直跟着主任，主任舀水漱口，他就跟到水管；主任出门解手，他就跟到厕所；主任吃饭，他就跟到厨房。主任被纠缠不过，吃了饭伸个腰，背着锹，没精打采地说："好，到你龟孙家里瞅瞅去。"

村主任就晃进了张窑匠家里，伸出脑袋前后旮旮里瞅了几眼，说："没有。"

张窑匠很高兴，出门就对邻居说："我没有偷主任的锹，主任刚来搜过。"

邻居们得知主任搜了张窑匠的屋，而没有搜自己的屋，纷纷把主任拉进自己的屋，让主任仔细地搜，说："主任你不来搜就是瞧不起我。"主任招架不住，只得一一去搜大家伙儿的屋。

有人见主任搜得很辛苦，就提议中午给主任犒劳一顿。张窑匠说："这事理应由我来办。"邻居们说可以，就把自己家里的好酒好菜送到张窑匠家里。

下午，吃了饭，村主任背着锹又要下地，可又有一伙人来拉他搜他们的屋。主任打着哈欠说："算了吧，我要下地干活呢。"

有人讨好地笑道："主任，就你这副没吃饱的样子还干活？把锹给我，我替你干。"

"操，我有锹，我还来搜？"主任不满地说。

"你背的可不是一把锹吗？"

"操，我背的是锹吗？"主任生气了。

主任把锹放下来，眼睛突然睁得像一对鳖蛋，吃惊地说："噫，我今日这是怎么啦？这锹不是没丢吗，我怎么骑马找马？"

人情世故

世旺决定趁有生之年盖三间砖房,可儿子大抄不同意。大抄说:"要盖就盖楼房,三层的。"世旺问:"钱呢?"大抄说:"你别管,我来盖。"世旺说:"拉倒吧,你是骂我一辈子白活吧!"爷儿俩吵得锅底朝天也没结果,大抄赌气,到深圳去打工。

这年,当世旺卖了一口大肥猪之后,三间砖房的钱便凑得差不多了。他心里特激动,一辈子第一回操持盖房的大事呢,能不激动吗?可又觉得陌生,毕竟是第一回嘛,心里便早早盘算起来了。

他想:盖房子是件大事,这么大的事不可不请示村主任,让村主任知道我世旺眼里有他。虽然村主任官不大,但也是一级领导呢,眼里没领导的人,能有好下场吗?有几家盖房户因为没请村主任的客,村主任至今还用小眼觑他们,一有机会就端架子,世旺见得多了。于是,世旺就利用晚上鬼鬼祟祟去了村主任家,还捎带一条好烟。

村主任见了烟,"嘀"的一声,问:"世旺,发财呀?"

世旺打着笑脸说:"我要盖房子了。主任,这事要不要跟领导打个招呼?"

"要!当然要!"村主任肯定地说,"不通过领导,你敢随便建房?"

"我说也是嘛。这不,我今天就是来通过领导的。"

"这事我一人说的不算。"村主任严肃地说,"得村委会开会研究。"

"那你们啥时候研究呀?"

"哪能说研究就研究,村里的事多着呢。世旺你是个老实人,我就明话告诉你,要想早点通过,你就得找个饭店办一桌酒席。最好是明天,我替你把几个头儿叫齐,大家边吃边研究。不然的话,啥时才能轮到你呀?"

"中!中!"世旺虽然胸口一阵揪痛,还是硬着头皮答应了。

村官们美美吃了一顿后,这件事就算摆平了,世旺就觉得少了块心病。接着,世旺又想起了左邻右舍。要盖房,少得了他们帮助吗?拆房子、和灰、搬砖等等,可不是人少能干得下来的。可是,人难请啊,特别是现在,家家都忙着赚钱,能出门的都出门了,连大抄不是也去打工了吗?(这混蛋!)如果请不来人,耽误事不说,还丢面子。世旺还记得几年前的一件事,一家人由于名声不好,盖房时没人肯去帮忙,不能按时开工,女人没脸见人,活活上了吊。想到这里,世旺又置了两桌酒菜,把每家每户当家人都请来,提前给人家通了气。效果果然不错,大家吃得酒酣耳热,纷纷表态说,世旺你到时只管言一声,我不派人去不是人养的。世旺乐得老树开花,庆幸自己想得周到。这就是人情世故啊!换了大抄,他能做得这样圆满吗?好,我让你去打工,等我把房子盖成了,看你还有脸住不!

不过,眼下还有一道关,就是买砖的事。虽说如今砖窑多,但买砖的也不少,每天都有大卡车往外运呢。这件事如果处理得不好,砖场不卖砖,你拿什么盖呀?世旺就腾出一天工夫,专程去了趟砖场,见到了场长。这场长是一个熟人的儿子,世旺便递去好烟,同人家客套起来。

世旺问:"大侄子,我要买三间房的红砖,要不要提前预订一下呀?"

"要!"场长肯定地说,"你瞧,一窑砖还没封火,拉砖的车就排上了队。最好你先把定钱交上,交了定钱这事就有七成把握。"

"是是，那是！大侄子，得多少定钱呀？"世旺一直举着笑脸，说话小心翼翼的。

"当然是越多越好，我们是根据定钱多少按顺序发货的。"

世旺点点头，心说亏得自己来了一趟，要不哪知道这行情？一咬牙，把砖钱全交给了场长。

谁知不到一个月，砖未运回，就传来了场长携钱潜逃的消息。

世旺就觉得脑子里"轰"的一声，一口热血从嘴里喷出，倒在地上不省人事了。

世旺醒来时，正躺在医院里。要不是儿子大抄匆匆赶回来，交了押金，他恐怕早就死在家里了。

世旺见了儿子，羞愧难当，老泪吧嗒吧嗒地往下掉，说："大抄，爹攒了一辈子的钱，说打水漂就打了水漂，这一辈子算完了。"大抄说："爹，还有我呢。我盖和你盖有啥区别？你儿子还不是你培养出来的。"世旺说："听说你打工挣的钱都交了医院，啥时才能攒齐啊？唉，都是我造的孽啊！"大抄笑道："爹，你放心！你很快就能见到新房了。"

"唉——"世旺以为大抄是在安慰他。可是，两个月后，出院了，还真就发现自己的几间土坯房不见了，换上了三层洋楼。世旺挤了半天眼，才确信自己没看花眼。他沉下脸问儿子：

"大抄，你哪有这么多钱？是不是没走正道，在外面贩人口卖大烟？"

"爹，瞧你说的！这楼还没花一分钱呢。"大抄笑道。

"我不信！没花钱，砖从哪里来的？"

"砖是赊的呀。"

"楼是请谁盖的？"

"是建筑公司派人来盖的呀。"

"你真能！空手套白狼。人家都是傻子吗？"

"爹呀，现在是市场经济，几个砖场都在抢顾客呢，他为什么不赊？建筑公司也在到处揽活儿干，他为什么不盖？何况我与他们都订立了合同。事后我以楼房为抵押，从银行贷款还了他们的账。至于贷款嘛，我再去打三年工，不仅能全部还清，还有结余。"

"那你通过村委会了吗？"

"咱们是拆旧翻新，用不着请示他们呀。"

"是吗？"世旺忽然泪流满面。他第一次拉起儿子的手，由衷地感叹道："抄儿，我服了，服了啊……"

收了一兜礼

王主任背着手进了自己的小洋楼,就见客厅里的小茶几上搁着一兜苹果。王主任问:"哪来的?"老伴答:"苹果园的小王犬送来的。""什么事?""说是送我们尝尝,搁下就走了。"

王主任撅着嘴巴,往大沙发上一躺,心里就琢磨开了。这王犬托我办什么事?这么小气!想延长承包期?不是还早吗?想娶媳妇,请我开证明?可他的亲事还没定下来呀!是盖房子?嗯,有可能。这小子自从包了村里的二亩苹果后,口袋一年年鼓起来。乡下人,挣钱干啥?盖房子、娶媳妇呗!就两样!他不是娶媳妇,那就肯定是盖房子了。盖房子要批地基,他王犬这才想起了我,送来一兜烂苹果。好小子,你没吃过猪肉,也没见过猪走?别人批地基,五百六百也下不了地,你他妈的真好,我一村之主任,就值一兜烂苹果?

王主任越想越生气,吩咐老伴说:"以后见了王犬,甭理他。"

王主任和老伴出门时,就真的再也没有理睬王犬,离得近了,把脸板着;离得远了,扭过脸去。可王犬,嘻嘻哈哈的,一副没心没肺的样子,似乎根本不在乎这个。

这回,王主任不仅生气,而且奇怪了。他认真分析,认为王犬是太年轻了,嘴上没毛,办事不牢啊。他以为把几只烂苹果一送就万事大吉了,就把村主任摆平了,自己想怎么着就怎么着了。这个结论一得出,王主任就觉得有必要提醒王犬：没经过村里批准的房基是算不了数的，是要罚款的！不过，这可不是替他王犬着想，因为罚款要交公，即使是村主任也捞不着什么便宜。

王主任便在村里的大喇叭里发表重要讲话，大讲特讲盖房子问题，首先宣读有关文件政策，然后列出本村处罚条例，对不经村主任批准擅自盖房者，将处以一千元以上的罚款，并在五年内不准盖房。王主任讲得声色俱厉，气势逼人，直差没有骂娘。

讲完了，王主任擦擦嘴巴，回到自己的小洋楼里，在沙发上躺成个"大"字，笑眯眯地等着。他想：我这么连吓唬带咋呼，凭经验，他王犬呀，嘿！晚上就得乖乖送礼过来。

可是晚饭早吃过了，电视剧也播完了，一抬头，那座金壳大吊钟上的短针都指向十二点了，门外仍然没有响起敲门声。王主任就有点沉不住气了。他气呼呼地问老伴："我讲话的时候，王犬真的听见了？"

"真的听见了。按你的盼咐，我专门去了他的苹果园，那小子正站在大喇叭下摘苹果，竖着耳朵听呢。"

"这就怪了……去，到他家看看，看这小子在干什么！"

老伴不敢不听，磨磨蹭蹭地去了。回来时，龇牙咧嘴，瘸着一条腿，说是让狗咬了一口。王主任不耐烦，气愤地问："我问那王犬在干什么！"

"睡了。我从他屋后听见的。正打着甜鼾呢。"

"王八羔子！"王主任气得咬牙切齿，"他王犬好牛气呀，想盖房子，却不把我一村之主任放在眼里。我讲了一晌，他居然一点反应都没有。好，我倒要看看他怎么个盖法。"

"这恐怕有原因。"老伴凑过来说，"请人办事，就得送礼，他王犬能不懂这个理吗？上次他承包苹果园，不是给你送了两千多块吗？"

"那你说是什么原因？"

"王大猛那老东西上次盖房子，不是也没找你批地基吗？甭说送礼了，见了我都爱理不理的，你不也是没把他怎么着吗？那王犬呀，八成是跟王大猛学呢。"

"狗货！"一提起王大猛，王主任就想咬他一口。不错，王大猛是盖过房子，并且没有给他这个当主任的任何表示。当时他是顾及王大猛年老家贫，几十年才盖这么一回房子，不容易，没怎么计较——就是计较了，也榨不出二两油水，据说还欠着好几百外债呢，所以，就饶过他了。看来，这一着棋并没有走好。有他王大猛第一，就有王犬第二，往后，都跟他们学，一毛不拔，他村主任还是村主任吗？不如回家卖红薯。

王主任决定采取补救行动了。他朝门外一瞅，天刚好放亮，便操起话筒，先给派出所王所长打了声招呼，然后命令王治保到他家来一趟。王治保一到，两人就去王大猛家门口，堵住王大猛，讲明事由，要他交罚款一千元。

王大猛皱起眉头，说："我的房子是在老房基上盖起来的，凭什么还要批地基？"

"少废话！打个比方，你闺女二婚时，不是也要经你点头同意吗？"

"我除了这几间房子，什么也没有，正打算找村里救济呢。"王大猛冷笑道。"给我铲谷。"王主任吼道。

王治保应了一声，迈开大步就往屋里闯。王大猛急了眼，一脑袋撞过去，王治保便倒退了三步。

"王主任，他打了我。"

"反了！没有王法了！"王主任赶过去，飞起一脚踢在王大猛的腰上。王大猛晃了晃，一个跟跄摔下去，脑袋正好砸在石头上，"咚"的一声，七窍流血，蹬了几下腿，不省人事了。

王主任弯下腰，扒了扒王大猛的眼皮，脸色立马白了，手脚也哆嗦起来。

这时，"嘟"的一声，王所长骑着摩托车赶到。王主任抱住王所长的胳膊，结结巴巴地说："王所长，快救我，我杀人啦。"

王所长瞥了一眼躺在地上的王大猛说："那好，跟我去自首吧，这手铐也不用铐别人了。"掏出手铐将王主任铐住。

王主任知道自己完了。一扭头,看见人群里正站着王犬,这才想起今天的下场是怎么来的,都与他王犬有关。便大吼大叫起来:"王犬,王八羔子!都是你!你为什么给我送礼?为什么?"

王犬结结巴巴地说:"叔,那不是送礼,那是我的一车苹果没卖完,送一兜给你吃。每家每户都有哩。"

"什么?"王主任越发疯了,"混蛋,你为什么不早说?为什么不早说啊……"

放声痛哭

我是一名记者,这天,我决定去公共汽车上捕捉新闻。我打扮成一个普通乘客,把微型摄像机藏好,匆匆地踏进了一辆连接城乡的公共汽车。

这是一个小偷肆虐的年代。刚一坐好,我就看见几个鬼头鬼脑的家伙,八成就是小偷。之所以这样判断,因为他们一上车就东张西望,哪个人粗心大意,哪个人软弱可欺,哪个人的皮包便于划割,他们都看得清清楚楚。据说,为了作案成功,小偷们往往分工配合,有实施的,有掩护的,更有接应的。瞧,做掩护的那位很快就与一个姑娘聊上了,问长问短,旁边那位实施者便伸出了罪恶的手。我兴奋极了,立即将镜头暗暗对准他们。

正在这时,邻座的一位老太太突然发出一声尖叫,把车上所有的人都吓了一跳。只见她双手不停地在自己身上摸来摸去,放声痛哭道:"天啦,我的钱不见了。该死的小偷!挨千刀的小偷!啥时挖了我的腰子,那可是我的救命钱啊。"

她的话一下子提醒了车上的乘客。大家警惕地巡视自己的周围,暗中提防起来,就连刚才那几名小偷——差点得手的小偷,也只好肃立一旁,不敢轻举妄动了。

老太太依然在哭着。发现自己毫发未损的乘客们开始同情起她来。有人问:

"你丢了多少钱？"

"钱不多，可我一个老人，挣钱容易吗？"

"要不要我们替你报警？"

"不！也许不是在这趟车上丢的呢。"老太太抬眼看了一眼大家，"大家都很忙，白耽误了你们的时间。"

她的通情达理更激起了大家的好感，这时就有人掏出一张十元钱递过去，"别难过，下次小心。"接着，又有若干人纷纷来捐款。

老太太一边道谢，一边推辞，脸上红红的，似乎很不好意思。车一停下来，她便匆匆走下了车。

我也跟着下车。我想采访这个老人，以便获取更有价值的新闻信息。老太太发现我在跟踪她，精神一下子紧张起来，脸色也变了，厉声喝问道：

"你、你想干什么？"

"老人家，"我笑着说，"你别害怕，我是记者，想采访你一下。"

"你真是记者？"老太太不信。

我便掏出记者证给她看。

"吓死我了。"老太太说，"我以为小偷来报复我呢。"

"你也发现车上有小偷？"

"说实话，我根本不知道车上有没有小偷。"老太太笑道，"而且，我也没有丢过钱。"

这下子该我吃惊了。

"你一定想知道我为什么要那样吧？好，我告诉你。我是一位老职工，每个工作日都要乘坐汽车上下班。过去车上根本没有小偷，后来小偷渐渐多起来。在我快要退休时，我每个月从单位领来的薪水都在车上被小偷挖走了。我恨死了小偷，可我又不敢得罪小偷。有一次，我亲眼看见一个见义勇为的青年人，被小偷和他的同伙打得浑身是伤。我所要做的就是防范小偷。可小偷作案也没有规律，有时叫人防不胜防，难免一不小心再次失窃。

"后来，车上有位乘客丢了东西之后放声痛哭，使周围的人一下子紧张起来。这件事提醒了我，所以我每次带着钱上车，都要放声痛哭一回，那意思就是告诉小偷，我的钱已经被偷过了，别打我的主意了。这样不仅保护了自己，也警醒了他人——这趟车上就不大可能发生偷窃的事了。"

老太太不好意思地笑笑，接着说："退休后，我闲得无事，想到车上还有许多小偷在作案，便做起了义务警醒员。当然，我不敢直接提醒大家，那样小偷会报复我的，我能够做到的就是'现身说法'，一上车就放声痛哭一回，使大家都提高警惕。有时，好心的乘客信以为真，往往还要捐助我一点钱，比如今天就是。但我声明，我绝不是为了骗钱！这钱我会交到派出所去。"

听到老太太的介绍，我不禁恍然大悟。我握住老太太的手，激动地说："谢谢！我代表所有乘客，谢谢你！"

由于那趟公交车出了点小故障，耽误了一些时间，所以我又回到这辆车上。我发现那几名小偷还没有走掉，他们正往一位新上车的乘客身上靠，眼看就要动手了。此时我真想大喝一声，但想起了老太太的话，害怕他们报复，情急之中，我也"嗷"的一声尖叫，然后在大家吃惊的眼光下放声痛哭——

"小偷！该死的小偷，我的钱丢啦！"

虚 惊

"噗!"一口清茶喷湿了办公桌上面的报纸,靠在大转椅上的方经理迅速竖起身子,脸也煞白起来……

刚才,有一位满面媚气的小姐敲门进来了。开始,他以为是女秘书哩,不然绝不会说"请进"二字的。

"打搅了,先生。我是茶叶公司的。最近好像一向很畅销的几种茶叶突然卖不动了,我奉命来调查一下像您这样高贵的先生是不是被某种新的饮品吸引过去了,然后我们改进产品。请问您现在喝什么茶叶?"

"哦。"方经理终于听清了这位小姐的来意,不过心里倒挺佩服对方的经营策略,便微笑地说道:"过去我一直喝龙井云雾,口感虽不错,但久之稍嫌味重;我现在又开始喝信阳毛尖了。"

"哦,这下我心中有底了。为了感谢您的支持配合,我赠送您一包信阳毛尖。"小姐掏出一小包精装的茶叶,放到方经理的面前,然后打开包装,恭恭敬敬地替他泡了一口杯。

方经理好一阵兴奋,感到今天的运气不错。这包茶叶少说也要值一百元吧?看那毛茸茸的小茶尖,一簇簇立在水中,给人的视觉就与众不同。这时浓香扑来,一吸鼻子,不错,是地地道道的信阳毛尖。

他举杯呷了一口,品味半天,不忍吞下去。也正在这时,他的眼光不经意地扫视了一下报纸上的标题:《温柔陷阱诱富商——美女原是寻仇人》,脑子里便嗡的一声:不好!于是"噗"的一声,茶水喷出,出现了开篇那一幕。

我糊涂!我怎么忘记了这句话:世上哪有免费的午餐!如今利用一切机会暗算别人、图谋钱财的事件满街都是,商场上兵戎相见,万一自己的对头派人用掺毒的茶叶暗害我……这样的事外面还少吗?

方经理就开始回忆自己的那些对头,其中有情敌,也有商敌,更有嫉富如仇的红眼病人……想到这,嘴里立时就感觉到一股异味。他使劲吐了一阵子痰,吐到什么也吐不出来为止,然后跑到卫生间喝自来水漱口。奇怪,越漱口,异味越多、越浓,于是越漱越吐。是不是毒性发作了?方经理一想到这,再一次将心提起。快报警!他脑子里闪出这个念头。于是冲到办公桌前,将电话拿起来……

正在这时,女秘书推门进来了。"方经理,有个女人来找你……"

"哪个女人?"

"她说刚才来过,专程为您送茶叶的。她还说,如果您已打开包装,就要付款二百元。"

"啊,要钱?要钱好!要钱好!"方经理抹了一把脸上的汗,电话也放下来了。

"方经理,您上当了。报纸上说,有一种新推销法,叫做'欲擒故纵',说的就是这一种,让人们当心。"

"不要紧!不要紧!少啰嗦,快付人家钱吧。"

女秘书盯着方经理,一脸的不理解。

方经理终于把心放进肚子里了。是啊,人家不管耍什么手段,无非是为了钱嘛;既然是为了钱,那就……嘿嘿!他接着呷茶,香,这回是真香……

当了一回总经理

如今总经理真多，同学也好朋友也罢，认识的不认识的，见面了都混成了"总经理"，把毛头眼红得嘴一撇就骂人，说你啥底子谁不知道咋的？你比老子聪明呀？你咋就当总经理了呢？当总经理的朋友朋三说你嫉恨别人干吗？你有种倒是也开开公司过回总经理瘾呀！

毛头说：你扯咸蛋你又不是不知道我能拿出多少钱啊？

朋三把大肚子一挺说：你早说呀！我先借你十万立个户头，等你开了公司再如数还我不就得了。

于是，毛头就用朋三注入的资金开了个公司，用"两个月后正式搬进"的形式从一个写字楼里搞到了一份租房协议。公司一开，毛头就成了法人代表，也就是老板，按新流行的说法，就是总经理。

可是，朋三支持的资金不过是凉水穿肠过，一旦资金抽走了，毛头总经理就成了光杆总经理。毛头想：是该干点正经事的时候了。

毛头的公司是一家文化公司，既可以"文化交流"，也可以"咨询服务"，还可以"培训和策划"，总之，是一家涵盖面很大的公司。毛头绞尽脑汁，望着"策划"两个字，想：策划个啥好呢？

正在这时，有一家外地企业，为了提高知名度，决定在京城举办一次系列活动。毛头一听，心中一动：我何不把这个系列活动"承办"过来？毛头曾在一个策划公司干过勤杂工，对"举办活动"略知一二，便把自己的"策划方案"以竞标的形式向对方亮出来。比如：邀请数十家中央媒体举办新闻发布会、邀请领导人出席展览会，等等。这"邀请领导人出席展览会"一条备受瞩目，所以毛头赢得了这次中标。根据双方协议，对方给毛头的账户注入预付款一百万元作为先期投入。毛头一下子"款"了起来。

"款"了起来的毛头就觉得不能再当光杆总经理了，便购了几张桌子、一台电脑搬进写字楼内，还招聘了几位女孩作为公司职员，又配备了手机挂在腰上，买一只手提包形影不离地夹在肢窝下。尽管他的肚子瘪得像"丧家的资本家的乏走狗"，但还是挺着胸脯走路，把一条宽宽的皮带斜斜地扎在肚脐眼上；迈着方步，不管走到哪里都带着一个漂亮可人的小秘书，俨然是个财大气粗的大老板。

小秘书姓娇，二十一二岁，又漂亮又会办事，嘴巴也甜，请媒体参加新闻发布会的事全靠她一人张罗。会开得很成功，得到合作方的认可，毛头总经理也加倍赏识她。毛头心想：自己正事业发达之时，如果有娇小姐这样有能力的女孩作为自己的左右手，岂不如虎添翼？于是有意与娇小姐培养感情，给她买时装、买金贵的首饰、买高档化妆品。而娇小姐也想：自己没有任何背景，能傍上一个大款，也不啻于走上了一条快速致富的捷径。两人各取所需，一来二去，便暗地里同床共枕起来。

谁知，毛头经常沉浸在新婚的甜蜜中，把本夫人晾在一边，引起了夫人的猜疑。夫人经过明察暗访，终于抓住了把柄，气汹汹地到公司"大闹天宫"。这一闹，毛头觉得面子大损，一气之下，写好离婚协议，许诺不要房产，另付五十万赔偿费，与之分道扬镳。夫人见毛头鬼迷心窍，难以回心转意，只得忍痛撒手。

毛头离了婚，无拘无束，便堂而皇之地与娇小姐同居在一起，为了讨得小情人的欢喜，毛头为她购得富康小车一部，由于资金所限，买房的事暂且搁置，只有等来年才能付之行动，到那时两人再正式结婚。

与此同时，合作方来电，催问按计划即将开幕的展览会和请领导人出席一事进展怎样？毛头赶紧答复：正在争取之中！不过这件事牵扯面广，求人较多，尚需活动费若干。对方求成心切，咬了咬牙，又汇来资金五十万。

可外人不知，请领导人的事本身就是未知数，不过是毛头当初为夺标而放出的大话而已，所以，虽花了巨大财力争取，却收效甚微；恰巧在这个节骨眼儿上，政府又发文不许行政官员参与企业经营活动，这等于把最后的一线希望也泡进了汤里。展览会开幕那天，费了九牛二虎之力，毛头只请了一位不为世人所知且早已退了休的部委处级干部，而且在会场上只坐了两三分钟。

合作方恼羞成怒，要求毛头退还资金。你想，到了手的鸭子能轻易撒手吗？对方便以"欺诈"之罪诉诸法庭。毛头经多方打点，才打了个平手。

然而，一副冰凉的手铐最终还是戴在了毛头手中。原来，毛头总经理发现这钱来得太快，也去得匆匆；而且税务机关每月定期征收百分之几的各种税收，年末还要交纳企业所得税，请会计一算，不是小数目。小情人娇小姐虽花销也大，供不应求，但这钱属于不得不花，而纳税的问题嘛……于是，就采取隐瞒收入、开大头小尾发票等手段，从不交税，被税务机关稽查后报了警。惊慌失措的毛头连忙与娇小姐联系寻找对策，不料娇小姐见大势已去，已携带余款，开着富康溜之乎也。身无分文的毛头哀叹一声，束手待擒。

毛头被关进黑森森的一间大监牢里，回首往事，不由揪起头发痛哭流涕：家没有了、老婆没了、钱也没了；好端端的我干吗要开这个公司啊……

黑暗里突然传出一个嗡嗡的声音道："兄弟，哭什么！你不是有一个陪伴的在这里吗？"

毛头定睛一看，认出来了：这不是朋友朋三吗？

妻从乡下来

我进城摆了个买卖,像城里人一样按钟点上下班,收入还算不错。乡下老婆给我打来电话,非要过来"帮帮忙",我说得了吧,就你成天脚不落地的德性,进城找谁串门去?嘴巴又像个老鸭公,有事没事呱呱叫,找谁说去?三天不到保准你拍屁股走人。女人不解地问:难道城里人就不串门?我说,我讲个笑话你听就晓得了。有一对青年男女约会,谈了半夜,谈得不错,一个说:我该回去了;另一个也说:我也该走了。两人一起走了半天,一个感动地说:你别送了,我自己走;另一个也感动地说:你也别送了。结果一直走到家门口也没分开,原来两人家住二楼斜对门。女人听后哈哈大笑,说没处串门,我就站在大街上找生人聊去。我说算了吧,街上人来人往各干一行,谁理谁?她说难道杀人放火了也没有理?我说有呀,警察就是专管这个的;你想,邻居们相处多年还形同生人,生人谁管生人的事?结果费了半天劲儿也没有吓住她,原来这婆娘是吃了秤砣铁了心,非要趁农闲进城逛一逛,还美其名曰见见世面!

女人一来,三百元租金一间的小平房里顿时热闹了许多。其实她根本帮不了我的忙,吃饱了三顿饭,无事的她就站在门口大街上东张西望找话茬子。见到人家老太太买菜回来了,就主动打招呼:"大娘,买菜呀?""嗯,买菜。你有什么事?"女人见对方眼神不对,连忙打哈哈:"大娘,这菜怪新鲜的。""啊,菜很是新鲜,你到底想干什么?"然后匆匆走了。女人以为生人就这样，一回生二回熟嘛，熟了就好了。第二天遇上人家又迎过去："大娘又上街呀？"大娘比昨天的眼神更不解："有什么事？"女人笑嘻嘻地答："没事，我就是昨天跟您搭话的。"大娘说："没事你捣什么蛋？有事就找警察去。"然后匆匆忙忙地走了。

女人重重地叹了口气，这才深信了我的话。是啊，城里人都是上班族，生活节奏快，没事谁跟你瞎捣鼓，不像乡下，农事归自己掌握。不过这女人本性难移，两三天时间又"撑"不住了，吃饱了饭就去居民楼敲门。很快门开了，一个老头探出头，未等她开口就先说开了："推销什么的？我不要。"女人笑道："大爷，我不是卖东西的，我是来踩门槛（串门）的。""啥？"老头竟不知所言为何物，女人解释了半天他才明白，便进里面拨了一通电话，不一会儿从远处过去一个人，说是居委会搞治安的，把女人盘问了半天，又查身份证又查暂住证，末了厉声警告道："没事不要瞎溜达，知道吗？"女人碰了钉子后，成天站在门口，望着高楼大厦出神，呆头傻脑的，一连三顿饭都忘了做，脾气也见长。

一日，生意甚佳，我忙得一塌糊涂，日过中天才回家，肚子早饿得打架，以为菜饭正等着我哩，没想到竟是锅冷灶凉，我不由得火起："干啥去了你？"女人不仅不像往日那样温存，反而脾气比我还大："该你的？""啥？"我吼一声，一只巴掌不知怎么的就落到她的脸上。这妇人遭受奇耻大辱似的，"嗷"的一声，拉开架式朝我扑来。我吃了一惊，撒腿就往出跑，却还是被她逮住了，连抓带咬，眨眼工夫脸上就见了几道伤痕。我"哎哟"一声，且战且退，女人却越战越猛，穷追不舍。不经意一看，我周围满是眼睛，直往这里瞅，好像在说：嘿！哥们，别丢脸。我的脸便红起来，立即反守为攻，拳打脚踢，几个回合就将女人撂倒在地。

女人蓬头乱发，满面泥土，大吼大叫着朝我扑来……

此刻，我多么希望有人来劝一句，找个台阶下，哪怕给我一巴掌，只要平息争斗就好了。可偏偏没有！在家时，我们两口子也经常打架，不过女人的人缘好，左邻右舍你不分我我不分你，非常仗义，只要一家有动静，邻居们顷刻出面，是偷东西的一齐抓贼，是天灾人祸的一齐救助，是家庭不和的连哄带劝。每次和女人打了不到三个回合，邻居大娘就蹦到跟前，一人一巴掌拉开，然后问个究竟，最后骂一声："一个不怨一个。"纷争顿除。女人朝我脑袋一指："就怪你！"我不服："你也有责任。"和好如初。

而今天，行人只瞄了我们一眼，好像压根儿就没有这回事一样，急匆匆该去干吗去干吗，没谁有时间管我们的闲事。丢尽脸面的女人再次扑来时，就直奔我的脸。人们说：女人有两厉害，一是手指厉害，一是牙齿厉害。她一张嘴，我的耳朵就掉了一块肉。我痛得怪叫一声，便下了狠心，使出平生力气将女人甩出一丈多远，然后像踢足球一样把她踢来踢去，大有不踢死她不解恨之势。

直到女人晕倒在大路旁，才听到背后"嘟"的一声停下一辆摩托车，跳下两个警察直奔我。其中岁数大的警察一巴掌把我甩了个趔趄，差点栽倒。"怎么回事，你？"我像傻子一样呆愣着，眼睛都直了，半天才"呜"的一声哭出来，边哭边吼："打吧！再打一巴掌吧！谁让你不早点来的。你早干吗去了？再打我一巴掌吧。"然后直往警察身上撞。警察吓了一跳，问我："你是不是精神失常？"

女人出院时，我的肠子都悔青了。我为我的一时凶狠而痛责，说出一大串对不起请原谅我是猪狗的话。女人却摇摇头不让我往下说。沉默了很久，女人说："我想回家。"我说："那就回吧。"女人说："我再也不想来了。"我叹口气，说："其实有些地方我们还得学城里人哩。"

上车时，老婆掉头端详了一下眼前的高楼大厦，我看到她的眼眶湿漉漉的，眼神里平添了些许留恋和无奈……

面 瓜

唢呐巷的面瓜死也想不到，他唯一的一次花两元钱购买的彩票，居然中了特等奖，税后款居然高达五百万元。

这消息是兴高采烈的老伴手舞足蹈告诉他的。当时，面瓜不相信，就当是听痴人说梦，哼哼两声算作回答。

但这个消息很快就得到了证实，左邻右舍传得沸沸扬扬，连报纸上公布的号码也可以作证。

面瓜这才吓得瑟瑟发抖，嘴唇发紫，结结巴巴地说："这怎么可能？怎么偏偏轮着我啦？"

面瓜顾不得梳头换衣，跌跌跄跄地赶到城里一个偏僻的鬼也怕的胡同，那里的墙根下常常蹲着一些相面卜卦的江湖人士。

一个花白胡子老头朝他招了招手，面瓜便凑过去问："老先生，你给我相相，我这辈子还能大富大贵吗？"

老相士见他灰头土脸一副窝囊相，便微微一笑，讥讽道："你这辈子还可以大贵，不过要等你儿子当上国家元首后，那时你就是太上皇了！"

"那我还能大富吗？"

"能呀。不过你得大白天靠在树根上睡一觉，等到做梦的时候。"

面瓜不傻，他气喘吁吁跑回家里，警告老伴说："快把奖券烧了，这奖不能领！"

"不偷不抢,干吗不能领?"老伴一万个不解。

"飞来横财,就是飞来横祸。你想想,咱八百辈子男男女女捆在一起,又能卖多少钱?人穷命薄,撑不起这个福。"

老伴说:"我不信这个邪!钱是老祖宗,老祖宗找上门来保佑我们,你敢拒之门外?你不敢领,我去领。"

老伴把奖领回家,面瓜却外出躲了三天,逢人就说:"这奖与我无关,是那个贪心婆的主意。"

老伴花一百万在唢呐巷跟前买了一套豪宅。面瓜死也不愿住新房,宁愿守在又矮又潮的小平房里睡硬板床。直到老房子被政府收走,他才扭扭捏捏地围着新房转了三圈,远远地看着,迟迟不敢进。他不相信这光芒四射的别墅是他面瓜的,右手伸出大拇指和食指,使劲地掐一下左手,哎哟一声钻心地痛,知道这不是梦。

"天啦,我祖祖辈辈是平民,一家七口住一间平房的日子都有过。这么一大堆房子,两层高,真的是我面瓜的家吗?"

一边自言自语,一边掐左手,肉都掐肿了,疼也疼过了,还觉得像在梦中。老伴拎着他的耳朵,把他提进楼里。一看里面的装潢摆设,他又晕了头。地上铺着红地毯,顶上挂着水晶莲花吊灯,正厅里贴墙是一部宽屏幕大彩电,小茶几,皮沙发,红木桌椅……歪着脑袋朝卧室里瞥一眼,一张带软靠的新婚双人床花花绿绿地摆着。天啦,这些只有在三星级宾馆里才能看得见啊!面瓜一想到这些全是自己的,身子一抖差点跌倒,被老伴一把揪住。

"孩他妈,这真是我的吗?"

"废话,不是你的你敢进来住吗?"

"孩他妈,我面瓜挤了一辈子小平房,睡了一辈子咯吱铺,我能消受得了这些东西吗?"

"你时来运转了嘛。"

面瓜坐在大彩电前,身子直挺挺的,纹丝不敢动,嘴一撇,哭了:"孩他妈,想当年,咱家一台十二寸黑白电视机,一看就是十年,想换一

·089·

台带色的,眼睛都盼花了,才买了一台十四寸的,还是二手货。咱做梦也没捞上这么大的电视机呀。"

"过去是过去,今儿是今儿。今非昔比嘛。"老伴安慰说。

"孩他妈,咱家世代是穷市民,今日一猛子住这么好的楼房,折不折阳寿呀?"

老伴一听失去了耐心:"闭上你的乌鸦嘴!神经兮兮。"

面瓜不敢再吭声,一个劲儿掐自己的手。

为了补回穷空了的身体,老伴顿顿做好吃的。望着满盘大鱼大肉、山珍海味,面瓜每回都要掐掐自己的手,确认不是做梦才敢动筷子。

一天,电视里播放时事新闻,是法治方面的,正讲一个小偷黑夜溜进别墅行窃,惊动了富翁,富翁斗不过小偷,结果一家人被小偷杀死在别墅里。看着血淋淋的画面,面瓜"嘎儿"一声,歪在沙发上,不省人事了。老伴灌凉水,掐人中,折腾了半天,正想拨打120,面瓜醒了,"呜"的一声哭出来:

"孩他妈,我说钱能害人吧,这钱来得太突然了,穷人命薄花不起呀。"

老伴说:"往后你只管吃只管睡,我命大,任何事都由我来顶着。"

谁知,面瓜天天夜里被噩梦惊醒,竖起身子哀叫,出一身冷汗,四肢还不停地发抖,心有余悸地说:"我梦见了小偷,拿起明晃晃的长刀子,朝我扑来,杀、杀……"

从此之后,面瓜吃不好睡不香,人一下子瘦了许多。老伴没办法,同意他离开别墅。恰巧胡同口有一家报亭要转让,面瓜接手过来,白天卖报,晚上睡在亭子里,听一部微型收音机。早餐吃早点,中餐吃盒饭,晚餐下馆子,吃一碗热汤面。他主动和家里断绝往来,自谋其业,自得其乐,时间久了,还学会了吹口哨,脸上渐渐有了红色。

高兴了,还要唱一段二人转:

这小葱拌豆腐的日子真甜心啦,

不怕偷不怕抢家财就是我一人啊、啊……

半彪子

"半彪子"的真名叫佳芬,儿名大妮子。大妮子从乡下嫁进城里,业已十年有余,虽人到中年,办事兢兢业业,针尖儿都挑不出一个错儿。

但这个记录很快被打破了。

今年春,大妮子一人在家操持家务,门被人敲响了。进来的是两个维修工,穿着工作服,一人背着工具包,一人举着长管子,学徐虎,义务为居民检修煤气管道。大妮子心下欢喜:正好煤气灶不畅旺呢,想吃空心菜,来个卖藕的。便人前人后张罗,伺候茶水,笑眯眯地看师傅们操作。不料人刚走,大妮子就发现自己的保险柜被撬开了,里面的现金不翼而飞。原以为是公家的人,可靠,没想到打电话咨询煤气公司,答复竟是绝对没有派人出去过。

大妮子眼皮底下被盗,遭丈夫一阵臭骂。丈夫三十天没吃她做的饭,晚上分开睡觉。

不久,丈夫出差。三天后,大妮子接到电话,一个陌生人自报医院,称她的丈夫出了车祸,昏迷不醒,有生命危险,需押金一万元;没钱,按规定不得入院;请速汇款至指定账户……大妮子一听急火攻心,恨不能马上赶到丈夫身边。为了丈夫的生命,只得汇款。谁知丈夫回来时,安然无恙。听到大妮子的汇报,方知她再次上当,便把大妮子狠狠揍了一顿,并扬言:下不为例,否则立即离婚!

大妮子好不容易嫁个城里人，又没有好工作；丈夫本来就嫌她，特别是近年来在外拈花惹草，几次提出离婚，出了这几件事，正好让人抓住了把柄。大妮子的肠子都悔青了，天天闭门反省，一会儿恨贼人卑鄙恶劣、不择手段；一会儿骂自己粗心大意、轻信别人。恨极了，就打自己的脸，骂自己是"半彪子"，然后发狠说：往后就是亲娘老子来了，我也要留点儿神。

人话有毒，说应验就应验了。这天上午，大妮子三年没见面的爹，真就大老远从乡下赶来了。

"爹！"大妮子率先喊了一声，又惊又喜。可仔细一看，爹老了，也不是记忆中的穿戴装束，心里一下子就犯嘀咕了：爹怎么不打招呼就来了？

"你是谁？"大妮子紧接着问。

"我是你爹呀！怎么，不认识了？"爹不满地说。

"不是不是！爹，你请坐。"大妮子马上赔笑。

爹没坐，直接去了卫生间。借这个工夫，大妮子立即给娘家挂了个长途，打听爹的下落。娘家人说："不是去你家了吗？"

大妮子松了口气。可当爹出来坐在沙发上时，大妮子的心中又七上八下不安起来。她偷偷瞥了一眼爹，发现爹不仅老了，也瘦了，声音苍老了许多。过去爹抽烟，现在好像对烟不感兴趣。种种迹象表明，爹值得怀疑！

"爹，你抽烟。"大妮子试探说。

"不抽，戒了。"

"爹，你带身份证没有？"

"到你家来还用得着它吗？"

谈话一下子卡了壳。大妮子忽然想到身份证也可以造假，查也是白查，便调动所有脑细胞，另打主意。终于，一个差点疏忽的细节浮出水面。大妮子兴奋地说：

"爹，记得我小时候，一惹你生气，你就骂我；你今儿再骂我一遍吧。"

"啥？"爹如坠入迷雾中，"佳芬，你怎么啦？我发现你今天不对劲儿。"

大妮子也觉出自己失态，就岔开话题，起身给爹泡茉莉茶。

"爹，你今天大老远来有什么事吗？"

爹叹口气，说："一来看看你们；二来呢，你兄弟十一结婚，手头紧啦！我来动员动员，看看你这做姐姐的，能不能支持个三万两万……"

又是要钱！大妮子身子一抖，手里的茶杯当的一声落在地上，摔得粉碎。

"你看，吓我一跳！"爹说。

大妮子痛下决心，毫不迟疑地跑到自己的房间里，咚的一声关上门，咬了咬牙，拨打了报警电话。

不一会儿，两个警察敲门进来了，径直走到爹跟前，严厉地盘问起来：

"你是什么人？"

"我是她爹呀！"

"带身份证了吗？"

"没有。"

"走！先到派出所去，搞清身份再来。"

"好哇！"爹气得嗷嗷乱叫，手颤颤地指着大妮子，"就算你不借钱，也不能这样糟蹋你爹啊。"

"我、我也不是故意的，我是怕人假冒我爹来行骗啊。"

"半彪子！"爹大吼一声。

一听这话，大妮子精神一振。小时候，爹不就常常这样骂自己吗？拉着长音，忒亲切。看来，他是真爹。

"爹，你回来吧，你是我亲爹。"

"大妮子，你这样对待你爹，将来会遭报应啊。"

眼见爹老泪纵横地走了，大妮子愣怔了半天，肠子像刀割一般地痛。良久，她才哭出声来：

"我是半彪子！可这能怪我吗？"

· 093 ·

防　贼

　　记不清多少年了，我大哥金蛋从来不在晚上出门。天一擦黑，金蛋的防盗门就准时锁好，加了钢筋护栏的窗户也关得严丝合缝。如果有亲戚朋友来串门，必须提前电话预约，并商定好暗语，届时经过再三对证，才敢小心翼翼地把门打开。但是，2008年8月28日的晚上，金蛋不得不亲自出一趟门。这一天，是大嫂领工资的日子。往日，大嫂领完工资，准时乘车回家，一直平安无事，而这一天，她被单位留了下来，预计在晚上十点钟才能回家，金蛋只好亲自去车站保驾。金蛋完全清楚在晚上出门意味着什么，这是要冒极大风险的；特别是在大嫂怀揣当月工资的情况下，危险系数会几何增长，所以，他不得不精心准备一番。其实，如何准备，金蛋早就有了预案，只是还没有派上用场。金蛋的预案很多，囊括了生活方方面面，吃喝拉撒睡、衣食住行玩，无所不包。例如，上街买菜，准备了一套预案；打盐灌油，也准备了一套预案；如何与生人打交道，怎样防止熟人宰客……这些，也都预备着应急方案。预案其实也不复杂，就是购买有关光盘，没事儿的时候就播放光盘，认真观摩领会，达到烂熟于心；而在具体办一件事之前，再次播放相应光盘，以便加深印象，做到有备无患。例如，在上街买菜时，金蛋就播放一套识别有毒有害蔬菜的光盘，从中学习辨别哪些菜是有农药残留的，哪些菜是加了保鲜剂、防腐剂，或以次充好的，哪些鱼肉是注了水、打了药的，哪些油盐酱醋是黑作坊生产的，等等，然后把这些知识熟记于心，才正式上街。即使这样，金蛋仍然防不胜防，一不小心就上当吃亏。这次，金蛋为了出门接嫂子，早早就把尘封多日的"防抢"光盘翻了出来，插进DVD里，从中午12点钟开始，一遍又一遍地播放。

光盘里说，抢劫者最常见的手段是打闷棍。闷棍不是一般的闷棍，多为钢管和大号钢筋。在一个僻静的地方，抢劫者瞄准一个目标，冷不丁就跳了出来，挥起闷棍打下来，当场致人昏迷，甚至死亡，然后抢走皮包和钱袋。金蛋立即从储藏室拿出军用钢盔，戴在头上。

光盘里说，抢劫者还会举刀相逼。他们蒙着面，只露一双贼眼，拿一把明晃晃的短刀在你面前比划，如果不掏出值钱的东西，就照胸前捅去，下力之深，直入心脏。金蛋看得心惊肉跳，立即翻出特制的铁布衫穿在内衣外面，再套一件防弹衣。这样就可以刀枪不入。

光盘里说，抢劫者还会使用有害化学物袭击目标。最简单的就是朝你的眼前洒一把石灰，迷住你的双眼，然后实施抢劫；而最常用的则是朝你脸上喷一种迷幻药，一吸入这种药品，人就失去意识，甚至乖乖地听人摆布。金蛋立即戴上防毒面具，把鼻子和嘴巴牢牢捂住，又戴上玻璃钢护眼罩，护住眼睛。

光盘里说，抢劫者一般都躲在暗处：天桥下、地下通道旁、树阴里，专门盯着单身行人。金蛋立即找到了夜视镜。这夜视镜也是军用品，戴在眼前，黑夜立即化为白昼，一切尽收眼底。

金蛋一遍又一遍地看光盘，然后又一遍接一遍地操作，不敢有一丝大意。直到是时候了，这才关了DVD，手持一只电棍，像宇航员一样摇摇晃晃地出了门。这是一个阴沉的夜晚，整座城市都被黑暗包裹着，连路灯也昏昏欲睡。金蛋戴着夜视镜，左顾右盼、东张西望，随时警惕那些可以隐蔽的角落，预防有人从那些地方跳出来。

还好，金蛋一路顺风，不仅没有遇到抢劫者，连普通的夜行人也远远地避之而去，甚至还有拔腿而逃的。当他来到大嫂下车的地方时，等车的人也惊慌四散，转眼间空无一人。金蛋心里好笑：这些人怎么连好坏人都不分！

　　一辆公交车终于徐徐开来，在离车站很远的地方就停了下来，然后又匆匆开走。从车上小心翼翼地下来一位乘客，正是大嫂。大嫂朝金蛋看了一眼就匆匆离去。金蛋张嘴叫喊，但他戴着防毒面具，没法儿把声音传出来，只好朝大嫂挥手，示意她停下来。大嫂一见，跑得更欢了。金蛋也急匆匆地追了过去。突然，大嫂摔了一跤，刚爬起来，金蛋就赶到了。大嫂双腿一软，跪了下来，哀求说："好汉饶命！我把钱都给你。"说完，就掏出她今天领来的工资，双手递过来。金蛋没有接钱，而是伸手去拉大嫂。大嫂见了，吓得尖叫起来，连忙把项链、戒指也摘了下来，连钱一起递过去，哭求说："好汉，我把值钱的都给你，只求你别碰我的身体。"

　　金蛋苦笑一下，只好动手解自己的防毒面具，费了半天劲儿还没有解开。这时，金蛋的身后突然冲来两个警察。金蛋没有料到，自己一出现，就有人报了警。金蛋还没来得及反应，警察就把他按住，然后使劲儿铐上手铐，将他押走了。这工夫，金蛋自始至终没有说上一句话。

　　第二天一早，晨报上就刊发了一条重要新闻：《一男子全副武装抢劫，受害人竟是自己的妻子》。

逃 票

很凑巧,泥鳅一挤上公交车,就捡了个座位坐下来。看着那些刚上车的和已经上车的"站"客们依然像守护神一样守护在"坐"客的身边,泥鳅就有些沾沾自喜。这时,乘务员走过来,刚上车的乘客纷纷买票,但乘务员没等泥鳅掏钱就走过去了,她把泥鳅当作早先上车的乘客,因此忽略了他。这时,泥鳅便产生了一个丑恶的念头:逃票!

泥鳅打定了坐白车的主意后,在座位上正襟危坐,目不斜视,时刻从乘务员那里捕捉信息,以防于己不利。他暗中观察,发现每位乘客下车时,都向乘务员出示车票,但也有例外,就是当乘客两手拎满行李时,或当乘客匆匆闯出车门时,几乎都顾不上掏票,乘务员也没有在意。这可给泥鳅提供了机会,虽然自己只携带一只小包,但到时可扮作一位"差点误了下车"的马大哈,慌慌忙忙地冲下去,一定能够闯关。泥鳅暗暗得意,盘算着如何用这节省下来的一块钱去买一个烧饼,或一把瓜子……

正在这时,乘务员开始查票,从前到后挨个儿查看,乘客们纷纷把票举起来。泥鳅见状,身子一软,就像泄了气的皮球,心说:完了,不是下车才查票吗?但他很快发现,乘务员查票并不十分严格,眼睛随便扫一眼就走过去了,甚至还有人来不及打开就拉倒了。泥鳅终于看出了门道:原来乘务员查票的目的是为了催促尚未买票的乘客买票,并非最后验票。这个发现再次让泥鳅鼓起了勇气。泥鳅趴在前座的椅背上,假装睡着了,还打起了微微的鼾声。乘务员走到泥鳅身边,轻轻地推了推,喊道:"师傅,醒醒,别误了下车。"但泥鳅不理,鼾声一浪高于一浪。乘务员果然没有再坚持,而是朝车后走去。

过了这一关,泥鳅如释重负。他抬起头来,揉了揉眼睛,好像大梦初醒的样子。他暗中期待着,只要车一到目的地,他就冲出去。但他忽然吃了一惊,因为他发现了一个规律:乘务员查看下车乘客的车票时,是前后门位置轮换的;也就是,这一站她在前门查票,那么下一站一定又在后门查票。泥鳅的座位离后门最近,只能从后门下车。他算了算,到下车时,乘务员刚好换到了后门。如果乘务员真的站在后门查票,自己就很难蒙混过去;如果到前门去下车——这不是更引起人的怀疑吗?想到这里,泥鳅再一次悲观起来:我怎么没有想到这一点呢?也许,这一块钱压根儿就省不下来!泥鳅身子一软,又成了一只泄了气的皮球!

"嗯,有了!"就在这时,泥鳅眼前一亮,脑子里冒出一个好主意来。"咱提前一站下车不就得了!提前一站下车,虽然多走了一站路,但却省下了一块钱,也是值得的啊。"想到这里,泥鳅再一次兴奋起来,眼前重新晃出一个烧饼、一把瓜子,好香……

到了提前下车的那一站,泥鳅定了定神,待车停稳了,门打开了,该下车的乘客全都下车了,这才站起来,打算一冲而下。然而,他勾头朝门外一望,一下子又愣住了:几个男男女女手箍袖章,正分别截在前后门口,请下车的乘客出示车票。原来这是公交公司在例行抽查乘客购票情况,恰巧选择了这一站。站牌下还挂着一幅红标语:文明乘车,诚实购票。"妈呀,好险!"泥鳅紧张得四肢发抖,重新回到座位上,心脏咚咚地跳。

"他奶奶的!"事到如今,泥鳅反而横下一条心,他咬了咬牙,暗暗发誓说:"看来这一块钱我非省不可了,否则就太不划算了。"

该下车的那一站自然不下了,那就等下一站再下吧,反正都是多走一站地。车不一会儿就到站了。门开了,泥鳅勾头朝门外望去,没有任何情况,便突然站起来,匆匆忙忙奔下去,一路小跑。

"师傅！师傅！"乘务员朝他的背影大声喊道。

泥鳅知道在喊他，但他装作没听见。他提醒自己：千万别回头，一回头就前功尽弃了。

"师傅，你的包。"乘务员加大了音量。

泥鳅紧急刹车，站住了。他想起来了：匆忙中，把包留在座位上了。"我怎么搞的！"泥鳅脸红起来，只得跑回去，接过乘务员递来的包。

"谢谢！谢谢！"泥鳅一个劲儿鞠躬，却不敢正视任何人。

"师傅，你有票吗？"乘务员突然问。

就听脑子里嗡的一声，泥鳅差点没站稳。"完了！完了！"但泥鳅反应快，马上做出恍然大悟的样子，讪笑道："哎呀，不好意思；我一路打瞌睡，忘了！真忘了！"

"没关系，补一张就是了。"乘务员不冷不热地说。

"那是！那是！"泥鳅从兜里掏出一块钱递过去，"我补！我补！"

乘务员问了问他上车的地方，一算，刚好超过一站地，须再加一块钱，共两块。泥鳅一听，笑便僵在脸上，他找不出任何拒绝的理由，只好再掏出一块钱。

"师傅，下雨了，你快走吧。"乘务员撕了票，特意嘱咐了一句。

泥鳅这才感到，天上早已下起了毛毛细雨，很稠，头发已经被淋湿了。"妈的！"他抹了一下头发，恶狠狠地骂了一句，也不知道是骂老天爷，还是骂自己。然后撅着嘴巴，深一脚浅一脚地朝回走去。

一瞪之仇

仇大爷在公共汽车上被人瞪了一眼，心里腾的一声就冒起了大火。本来这火种一直就留在心里：着急进城吧，汽车偏偏晚点；好不容易盼来一辆，人多又没有挤上去；好不容易挤上去了，就挨了那人一瞪。这人是个年轻人，红头发、黑脸蛋，鼻子歪着，长得倒不难看。可你凭什么瞪我一眼？仇大爷气愤地问。红头发、黑脸蛋的小子竟回过头来又瞪了一眼。仇大爷便忍无可忍了，也歪着脑袋瞪他。两人就这么瞪着。最后，仇大爷败下阵来，毕竟力不从心呀，他的眼睛都瞪得涩痛，差点回不了窝，而那小子却把眼睛瞪得像牛眼似的，毫无眨眼之意。

仇大爷挨了此瞪之后，气得浑身乱颤。该办的事一件也没办成，只好气急败坏地回了家。一进家门，看见老爷子的遗像正冲着他哭呢。仇大爷忽然想起了一件事，立即翻箱倒柜，拿出仇大爷的临终遗言，哆哆嗦嗦地读下去：

……你们老追问我，为什么这段时间我吃不下饭、睡不着觉，精神一下子垮下来，整日愁眉苦脸，现在我就回答你们：我是让人气的！我死也是让人气死的。那人是一个年轻人，红头发、黑脸蛋、歪鼻梁。那一天，我因为不小心咳了一声，这个家伙就回头瞪了我一眼。气死我了！你凭什么瞪我一眼？我吃我儿子的饭，穿我儿子的衣，花我儿子的钱，没动你的一根毫毛，你凭什么瞪我？我越想越生气，真想和他拼了。但我是个七十多岁的老人，怎么能斗得过他呢？这一口气便憋在心中。我死不瞑目、死不瞑目啊……

"仇人啦，我跟你没完！"仇大爹歇斯底里地吼起来，"这是家仇，世世代代的家仇啊！此仇不报非君子，我若不战胜你，我仇某人枉为仇家传人。"

为了报此世仇，仇大爹一边寻找仇人下落，一边苦练瞪眼本领。首先，他用了五年时间磨炼睁眼功，做到了泰山崩于前而眼不眨，可以二十四小时不闭眼。这一招儿是关键，在对阵中，眼一眨就说明怯了阵，是失败的前奏。然后，他又用五年时间学习瞪眼术。也甭说，仇大爹练功就是有方，他通过循序渐进，最终达到了瞪人时只见眼白不见眼珠的境界。为了练好此功，仇大爹瞪不离眼，骂不离口，恨不离心。他请来雕塑家按仇人的模样制作了一副塑像，日日随身携带，见物如见人，激励自己报仇雪恨的斗志。十年生聚，大功告成，恰巧这时他的仇人也有了下落。

报仇这天，仇大爹一大清早就赶到了仇人的住所，将仇人结结实实地堵在门前小道上。仇人相见，分外眼红，仇大爹嗷的一声，真想扑过去将他碎尸万段，但一想到这种手段违反了江湖规则，就恨恨地罢了手。君子报仇，行之有道，这与暗箭伤人何异？于是，仇大爹铁塔似的站在仇人面前，将手一叉，也不说话，开始瞪起眼来。那小子也不愧是瞪林高手，当即应战，也歪着脑袋，将一片白眼对着仇大爹。但不可否认，那小子到底还是技高一筹，他不仅能静瞪，还可以晃着脑袋瞪，换着角度瞪，横着瞪，竖着瞪，皱着眉头瞪，嬉笑怒骂瞪，嘲弄地瞪……而仇大爹只能用一个姿势瞪。从清早对峙到天黑，两人不分胜负，但最后仇大爹受不了啦。他的眼睛早已生痛，饥饿和疲劳又使他站立不稳。他咬着牙，突然感到头昏目眩，身子一摇晃，一个跟跄就摔下去，不省人事了。

奄奄一息的仇大爹，临死时拉着儿子仇大少的手，断断续续地说："儿子，记住你爷爷是怎么死的，记住你爹爹是怎么死的。我们与仇人仇深似海、不共戴天。为仇家报仇雪恨的重任，就落到你的身上了……"死时二目圆睁，久久未合。

这仇大少是一位新潮青年，学过法律。他想：妈呀，爹爹花去十年光阴也不能战胜仇人，我还不得花二十年啦。太久了太久了，不适合信息时代的快节奏；为今之计，不如告仇人一状，将他送进监狱，提出精神补偿，既可以达到借刀杀人的目的，也可以捞到一笔外快。于是便精心构思了一张论点鲜明、论据充分的诉状，递到当地法院。

法官问："你的被告是那位红头发、黑脸蛋、歪鼻梁的人吗？"

"是他！正是他！""你是第十三亿零一个控告他的人。""可见他罪恶深重，全国人民共讨之。""可我们都拒绝受理。""为什么？难道他也敢瞪你们？""不然。经我们调查，他只是一个天生的斜眼……"

Fans

　　我的妹妹丽娇是一个超级追星族，这完全是深受朋友的影响。丽娇的朋友全是明星大腕的追捧者，他们的墙上、床头挂满了偶像的照片，身前身后也画着偶像的素描，就连自己的收藏品，据说也是偶像们曾经用过、摸过、看过的；他们的一举一动都与自己的偶像有关，或学歌星鬼哭狼嚎，或学影星趾高气扬，或学球星球不离手，或学模特猫步鼠姿……为了见到自己朝思暮想的偶像，有的四处打探、穷追不舍，有的举债长征以求一见，有的离家出走四处流浪，有的抱着偶像的照片卧轨自尽，以期对方良心发现……

　　丽娇耳闻目睹、深受影响，羡慕他们追求理想的精神。人生一世，总得有点追求不是？遗憾的是，丽娇没有任何业余爱好，她既不喜欢歌曲，也不爱好影视；既不想体育锻炼，也不愿看到模特的扭捏做作，费了九牛二虎之力，也没有找到自己的偶像。幸亏丽娇并不全是"兴趣盲"，她的唯一嗜好就是吃双黄蛋。丽娇每天至少要吃六枚双黄蛋；双黄蛋对她来说，是生命中不可或缺的组成部分。高兴时，她就吃双黄蛋，越吃越兴奋；忧伤时，她也吃双黄蛋，吃着吃着烦恼顿消；劳累时，她还吃双黄蛋，全身一下子充满了力量。双黄蛋是特种蛋，价格是普通蛋的十几倍，但丽娇不惜代价，每天照吃不误。一天晚上，丽娇吃足了双黄蛋，昏昏欲睡，忽然和一只母鸡相遇了，这只鸡若即若离、若隐若现，丽娇怎么追也追不上。一觉醒来，丽娇便振臂欢呼：我的偶像诞生了！

丽娇认定双黄蛋鸡是她的偶像后，迅速跟上了时代潮流，加入超级Fans行列。她再也不整天郁郁寡欢、无所事事了，也不再空虚和寂寞。她请来画匠，依照记忆描述了双黄蛋鸡的模样，让画匠画出来；然后她把画像复印了若干份，张贴在自己房间的墙面上；她的T恤衫、连衣裙是厂家订制的，上面绣着双黄蛋鸡的图案；她的发夹是鸡的模型；连她的高跟鞋上也缀着两只塑料鸡。走路时，丽娇迈着鸡步，左右摇晃；睡觉时，丽娇蹲在床上，把头埋在双腿间，一副母鸡打盹的造型；吃饭时，丽娇不断地朝碗里点头，就像一只啄米鸡；唱歌时，丽娇的歌词是："鸡呀鸡，我爱你，就像老鼠爱大米"；说话时，丽娇的口头禅是："个个大、个个大"……

丽娇产生去见偶像的念头，也是受朋友的启示。她的一位女友为了见到自己梦寐以求的男影星，变卖家产四处追踪，从国内追到国外，从北方追到南方，终于感动了偶像，得以一见，尽管只有五分钟。为了把自己的初吻交给梦中的情人，这位女友被影星太太打断了一条腿，也毫不在乎。丽娇为了见到自己崇拜的偶像，也花掉了身上所有的积蓄，辗转千里找到了双黄鸡蛋的产地。据说专产双黄蛋的母鸡独此一只，要不怎么叫"明星"呢？丽娇顺藤摸瓜，通过双黄蛋零售商找到了批发商，通过十八道贩子找到头道贩子，行了无数次贿，哭了无数次鼻子，终于确定了双黄蛋鸡的准确住址。在这里，丽娇被告知必须加入鸡星追捧会，才有可能与双黄蛋鸡相见。于是丽娇又交了入会费、快速登记费、特别介绍费和插队排名费，成为鸡星追捧会的会员；又购买了大量有关鸡星的书籍、光盘、照片和其他物品，获得了可能被双黄蛋鸡召见的机会。不过，机会并不是想有就有的，必须耐心等候。丽娇耐心等候了一个多月，终于排上了号。见到双黄蛋鸡的那天，丽娇头戴鸡帽，脚穿鸡鞋，脖子上挂着一串鸡蛋壳，浑身画满了老母鸡，又紧张又拘束、又激动又兴奋地走进鸡舍，终于见到了正在下蛋的双黄蛋鸡。丽娇望着鸡泪流满面，嘴里一个劲儿说：

"好美丽的鸡呀，个个大！"

"我终于见到你了，个个大！"

"你真了不起呀，个个大！"

"是你给了我生活的勇气和生命的活力呀，个个大！个个大！"

丽娇诉说了自己心中的仰慕和朝思暮想的情怀之后，情不自禁地扑了过去，一把抱起了老母鸡，伸出嘴巴就狂吻起来。可是，没想到的是，这只母鸡突然受到了惊吓，本能地反抗起来，一个尖啄扑过来，丽娇便惨叫一声，捂着一只眼睛倒在了地上。

鸡星追捧会的领导得到报告，立即请来了医生进行救治。折腾了大半天，丽娇才苏醒过来。丽娇醒来的第一句话就是："不许伤害我的偶像！"

"小姐，哪能呢？双黄蛋鸡是我们的聚宝盆，可比你的身价高多了！我们是为了抢救你的眼睛，不然你就瞎了。"

"谁抢救我，我就跟谁急！"丽娇一个翻身跳起来，喊道，"这是我的偶像送给我的最好纪念，你们抢救我的眼睛，就是破坏我与偶像的感情，就是亵渎偶像的爱心，我决不答应！"

然后，丽娇眯着一只血眼，在众人惊疑不解的目光中，把双黄蛋鸡小心翼翼地抱在怀里，满怀深情地说："谢谢你呀，我心中的鸡！我永远爱你、崇拜你！"

出 书

一天，猪正在门外散步，看见了一头牛、一匹马和一只羊正聚在一起聊天儿，便凑了过去。

猪听见牛叹道："我每天耕地耙田，吃的却是草，连一丁点儿棉饼都捞不上。"

马说："我也不轻松啊，赶车拉磨，吃的不也是草吗？"

羊说："我每天生产羊奶，还要自己出来找草吃呢。"

最后，牛总结道："总之，我们不能再过这种贫民生活了。如果我们有了钱，就可以吃香的喝辣的，花钱请别的动物代劳，自己坐享其成当老板。可是，靠什么才能发一笔意外之财呢？"

话音未落，猪便接口了："写书呗。"

"写书？"众动物不解。

"各位有所不知，"猪接着说，"你们整天忙碌在外，不了解国内大事。我呢，吃饱喝足之后，就躺在猪棚里睡觉，时常听见主人的电视机在播报时事新闻呢。据说，目前短平快的最佳发财途径就是出书。"

"你能不能说具体点儿？"几位伙伴来了兴致。

猪便讲开了——

你们知道孙悟空吗？对，就是那个大闹天宫、火眼金睛、护驾唐僧去取经的齐天大圣。那孙猴子先是忤逆不道，后来改邪归正，为西天取经立下了汗马功劳，为世人所景仰。自从作家吴承恩写了一部《西游记》的传记后，导演们争先恐后改编电影、电视剧，什么《大圣孙悟空》呀、《神侠大圣传》呀、《无敌美猴王》呀粉墨登场。于是，孙悟空成了举世瞩目的新闻人物，达到了家喻户晓、老幼皆知的程度。那孙悟空不愧是孙悟空，盛名之下趁热打铁，不到八天就拼凑了一部自传《血与火的洗礼——我是怎么保护唐僧的》。书一问世，便被抢购一空，每年重印二十四次，已销售三十亿册，光中国就达到人手两册。那孙猴子名利双收，据说稿酬收入扣除个人所得税，已达到一千万亿，成为全球首富，目前正准备写续集。

眼见孙悟空写书发了大财，其他几位同道也摩拳擦掌、跃跃欲试。首先是那傻帽唐僧不甘寂寞，用十天时间涂抹一部书《我和爱徒孙悟空》，该书一出版就成了第二大卖点；紧接着是呆子猪八戒，用十二天时间胡诌了一部《我与师兄孙悟空》，销售也十分看好；那闷葫芦沙和尚步其后尘，又用十五天时间捣鼓了一部名叫《我的大师兄孙悟空》的书，卖得也不错；最后是那匹白龙马，现出原形后，用了二十天时间也瞎编了一部书，名叫《我见证了孙悟空》。至此，凡西天取经的成员都写了书，发了书财。

却说孙悟空等人靠写书发了财之后，与他有过交往的神佛仙道们也都眼红心热起来，悄悄打起了写书的主意。先是玉皇大帝指派秘书捉刀，写了《我的臣民孙悟空》，接着是如来佛嘱咐弟子代笔，写了《我是怎样驯服孙悟空的》，王母娘娘口授了《孙悟空大闹蟠桃宴的前前后后》，太上老君写了《孙悟空偷吃仙丹的来龙去脉》，哪吒太子写了《我和孙悟空大战花果山》，牛魔王写了《我和孙悟空的是非纠葛》，铁扇公主罗刹女写了《我和孙悟空三过招》……总而言之，你方唱罢我登场，出版界里好热闹。如今，听说在取经路上被孙悟空打败过的妖魔鬼怪，如黄袍怪、蜈蚣精、犀牛精什么的也写起了回忆录呢……

猪讲完以后，动物们啧啧连声，大受启发，都说这写书发财的主意实在好极了。

羊说:"虽然如此,我们这些连孙悟空的照面都没打过的,又如何能写书发财呢?"

猪闻听"嚯嚯"大笑。猪说:"你们几位我不管,反正我是与孙悟空有过关系的。我爷爷猪八戒与孙悟空的哥们儿关系是举世皆知的,我的书名我早就琢磨好了,叫做《我的祖父猪八戒和孙悟空的兄弟情》。"

经猪这么一点拨,牛豁然开朗,"'哞'了一声,道:"猪兄,佩服!你一提醒,我的书名也有了,就叫做《我爷爷牛魔王与孙悟空的一段恩怨》。"

马"咴儿"一声,说:"照二位的思路,我的书也有名了,就叫做《我爷爷白龙马眼里的孙悟空》。"

正在这时,突然响起"咩咩"的哭声,大家回头一看,是羊。羊泪流满脸地说:"眼看你们都要写书发财了,而我却没法动笔呀。我爷爷咋就跟孙悟空没有一丁点儿关系呢?"

大家正替羊着急,老谋深算的牛说声"有了"。牛对羊说:"羊,你快给猪跪着。"

"我为什么要给它跪着?"羊平时最瞧不起又胖又笨的猪了。

"想不想写书?想写书发财就听老夫的,立即跪了。"

羊只好忍气吞声地跪了。

"喊声干爹。"

那羊何等聪明!一闻此言就什么全明白了。喊了声"干爹"就爬起来,大叫道:"咩——,我的书名也有了,就叫做《我的干爷爷猪八戒……》。"

"慢!"猪打断它的话说,"嘿,你有没有搞错哇?猪八戒是我爷爷呐。你想写书发财,却不想做晚辈哪成!"

羊说:"也罢,那就叫做《我的干祖宗猪八戒和孙悟空的故事》。"

主意一定,大家分头回去,开始润色了。

据说,书还没写完,数十家出版社已闻讯找上门来了……

打劫记者

早上,《中国形象报》记者打劫先生,一坐进办公室便打起了哈欠,打完哈欠之后,翻出了一张名片,瞅了瞅,咧嘴笑了起来。

打劫记者笑了之后,就拿起电话,对照名片拨了一串号码。"王总,你好,我是《中国形象报》的打劫记者。什么时候采访采访你呀……"

王总经理那沉闷的声音立即传过来:"哟,是打记者呀。欢迎欢迎啊!不过,我今天很忙。一会儿有个财团来与我洽谈投资项目的事,你如果要采访的话,是不是改天?"

"改天也好。不过,你忙,我也忙。你忙的是如何借钱生蛋,我忙的则是行使舆论的监督权。王总,可要当心啊。"

打劫记者扔下这句潜台词之后,冷笑了一声钻进了自己的小汽车,把车开在公司门口的不远处停下来,在沙发上美美地眯了一觉。

一觉醒来,打劫记者紧紧地盯住公司大门口,等啊等啊,眼睛都瞪圆了,终于看见两个异乡人,一人拎着一个包,气呼呼地出来了,一边走一边回头指着公司骂。打劫记者立即下车跟了过去,拦住他们问道:"我是《中国形象报》的打记者,看二位面有难色,有没有需要我帮助的地方?"

"你是记者?"其中一个人问道。

"岂能假冒!"打劫记者掏出证件。

"你是记者,你替我们反映一下,这王总经理太不像话,拖欠了我厂的债务三年不还,说什么他们正在扩建项目,资金还需大量引进,容他再通融一年。天哪,欠债还钱,天经地义,我们管你扩不扩建项目?"

"你们说的可是真话?"打劫记者暗中欢喜。

"当记者的面还能说假?不然我们也不会大老远跑来。"

"好,这可是典型的失信行为。请留下电话,打某一定主持公道。"

三天后,打劫记者拨通了王总经理的手机:"喂,是王总经理吗?我是《中国形象报》的打劫记者。贵公司的引资项目谈得如何呀?……哦,还挺顺。是这样的,有件事得向你通报一下,截止今天,本报社已收到检举信二十余封,全是反映贵公司不守信用,拖欠他人资金不还。我已奉命写了一篇调查报告,题目是《旧债不还又引新资——王总经理是否害人害己》,不日刊发……什么?我是无中生有?王总经理,你拖欠××厂救命资金百余万三年未还,几天前还赶走了催款的人,致使该厂濒临倒闭,可有此事?如果把此事报道出去,你那引资之事……什么,没经你核实?你太忙,你一直不肯接受我的采访嘛。啊,你今天有时间?……还请我吃饭?……好说好说……好,一言为定。拜拜。"

当兴高采烈的打劫记者赶到本市最豪华的饭店时,一桌丰盛的酒菜正等着他。

"说吧,你想要什么?"王总经理开门见山地问。

"是这样的,我想给王总经理写两版宣传稿。"

"一版收多少钱?"

"看在你王总够朋友的分上,每版收六万,共十二万元。"

"如果我不答应你呢?"

"报纸的作用你是知道的,它既可成就人,也可以毁灭人。我想你不会这样。"

"为了我的公司着想,那只好恭敬不如从命了?"

"王总真是个痛快人。我回去就写。"

"不用你费神了。《中国宣传报》的敲竹杠记者已用类似的手段为我写了两版广告稿。"

"太好了，我明天就全文转发。"

"不过，你那篇《旧债未还又引新资》的所谓调查报告……？"

"就当我没写，就当我没写。你放心，我一定要把王总经理宣传成一位意识超前、信誉良好、前程无量的大企业家，呼吁有识之士慷慨解囊，助你一臂之力。"

"哈哈哈……"

"嘿嘿嘿……"

"好，干杯！"

"祝我们合作愉快！"

新闻发布会

防伪专家博一笑，最近与科研单位合作研制成一种微型仪器，名为"假冒识别器"。该仪器集中体现了他多年的防伪研究成果，其功能是：当你去购物时，它能帮你识别假货；当你犹豫不决时，它能助你辨别是非；当你与生人打交道时，它会迅速告诉你是否与骗子和坏蛋在一起……

博一笑想，如今的世道，假东西太多了。市场上有冒牌假货，情场上有偷情高手，官场上有道貌岸然的伪君子……只要人们像手机一样随身携带着识别器，随时将自己遇到的问题以菜单的形式输入进去，识别器会迅速告诉你识别真伪的若干方法；如果进一步输入问题的具体细节，它会立即做出准确的判断。能具备这种独到功能的仪器，目前市场上还见不到，前景肯定无可限量啊。

博一笑带着产品亲自做市场调查。他首先走进一家商场，向一位化妆品司售员做介绍："小姐，它会帮助你识别假钞，你不妨试一试。"这位小姐犹豫了一下，接过了识别器，但她没有输入"钞票"，而是打出"化妆品"三个字，显示屏上很快出现了一些如何识别假化妆品的文字。这位小姐脸色通红，却微笑着摇摇头："对不起，我不需要。"

首战失利，博一笑并没有气馁。他瞄准一个腆着大肚子、夹着老板包的中年人，认定他是一位企业家，便迎上前去道："先生，你在生意场上一定遇到过许多骗子，这个小玩意可以识别他们。你是否试一试？"企业家接过识别器,在选择了"骗子"之后,他又打开了"偷税"的菜单,显示屏上便出现了"如何识别做假账"的词条。没想到,企业家丢下识别器就走了,博一笑甚觉奇怪。这时,一对恋人手拉手从身边走过,博一笑便拦住了女孩,介绍道:"小姐,看得出你很幸福。不过,这只识别器可以帮助你预防上当,你不妨了解一下。"女孩接过识别器,输入"爱情"二字,在滚动了几个菜单之后,屏幕上出现了"如何识别女孩借恋爱骗钱"的条目。女孩瞥一眼男孩,骂句"神经病",拉着男孩就匆匆离去了。

一连串的打击,使博一笑顿感失望。看来大家还没有真正了解它,甚至还产生了误解。他想:产品本身绝无问题,问题是如何让公众接受它,接受自己的防伪技术。鉴于此,有必要借助媒体的力量,把产品宣传出去,使其家喻户晓。想到这,博一笑决定自费搞一次大型新闻发布会。

主意一定,博一笑便开始给本市各大媒体发去了传真函,邀请他们各派一名记者于次日下午三时准时光临辉煌大酒店会议室进行采访,并暗示了有红包和一顿丰盛的晚宴。

第二天,博一笑打扮得容光焕发,左手抱着一箱识别器,右手拎着笔记本电脑,挺着胸脯早早赶到酒店布置会场,预备红包。可等到下午四点,仍然不见记者的影子。博一笑开始着急了,急得原地打转。正在这时,手机响了:"你好,我是《中国××报》记者,请问贵产品能识别假新闻吗?""能!肯定能!"博一笑赶紧回答,"不信你来看看……"可话还没有说完,就听见"嘟嘟"的声音——对方挂机了。博一笑一脸尴尬,正不知如何是好,突然手机又响了,"我是《中国××报》记者,请问贵识别器有预防记者借采访之名索取财物的条目吗?""有是有,不过……"博一笑想解释一下,可对方不由分说又撂下了电话……

颓废不堪的博一笑一屁股摔在沙发上。至此,他才隐隐明白大家对自己的产品进行抵制的真正原因。原来人们在反对别人弄虚作假的同时,自己也在作假弄虚。这可是自己当初万万没想到的啊。

难道就此收手吗?不行!它凝结了我多年的心血啊。我不相信所有的记者都是这样,只要有一家媒体肯支持我,我就能把产品打出去,让人们都理解它、接受它。

正在这时，忽听门外有人敲门："请问这里是'假冒识别器新闻发布会'会场吗？"

博一笑精神一振，立即站起来迎了过去，道："是啊是啊，请问您是……"

"我是《中国打假报》记者文之华，来迟了不好意思。这是名片。"

"欢迎欢迎！"博一笑接过名片欣喜若狂，但他又拿不准这位年轻记者的真实态度，便递去一只识别器道："请先试用一下？"

谁知，文记者调试了产品后，连声称赞："好！好！贵产品名不虚传！博老师功莫大焉！"

"可是，那上面不仅有如何识别假记者，也有如何识别真记者制造的假新闻啊。"博一笑提醒道。

"那又怎么样？"文之华记者大义凛然地说，"正因为个别媒体刊登过虚假新闻，人们才更需要这个识别器，以便辨明是非，并有效地监督个别记者的违法乱纪行为。我相信每一个有正义感的读者都会欢迎它的。我作为《中国打假报》记者，有责任大力宣传该产品、大力推广该产品。为此，我打算写一篇三十万字的通讯报道，分五十四个章节，每周连载一章，用一年时间把贵产品推向社会各阶层。采访开始吧。"

博一笑闻言大受感动，连忙鞠躬道："太感谢了，太感谢了，博某一定不忘大恩大德……"

三天后，为了了解进展情况，博一笑打通了《中国打假报》的电话：

"请问文之华先生在吗？"

"对不起，这里没有文之华先生，只有文之华小姐。"

"哈哈，你真会开玩笑。请问他在吗？"

"文小姐一个月前请了产假，此时正在家里奶孩子哩……"

"完了！他借我的笔记本电脑……他收我的那么多红包……"

博一笑再也笑不出来了……

搔痒痒

自从当了领导干部之后，我的变化可大了。首先我变得不苟言笑了。在有人的地方，我再也不能想唱就唱、想跳就跳、想开玩笑就开玩笑，而是神情庄重、一本正经；对所见所闻所感知的任何事物，都表现得冷静旁观，不随便发表任何见解。我从来不直视别人，对身边的任何人都不会主动去打招呼，而是等待对方开口喊我的姓氏和官衔，然后我再使用简单的语言作答："嗯"、"嗯嗯"、"好的好的"……而在回答这些短语时，我不带任何表情和语调，不包含任何明确的含义。

其次，我整天把双手背在身后，板着面孔，一脸冷峻。我仿佛变成了不会笑的人。我对人们的一举一动都流露不满。我见邻居们把水龙头开得哗哗作响，就把鼻梁高高地翘起来；我见小孩子们在打闹嬉戏，就投去狠狠的一瞥；我见小青年们在一起说说笑笑，就朝他们严厉地撇撇嘴……我不愿同左邻右舍凑在一起，不愿说话，即使他们主动找到我，我也要借故离开。在他们看来，我是一个离群索居、郁郁寡欢的人，而我则认为这才是一位领导应该具备的起码素质。

事实证明，我的变化是有益的、必要的，对树立个人权威极为重要。一个领导干部如果没有一定的权威，如何指挥人、管理人、臣服人？有了这个变化，原来同我随随便便的邻居们再也不敢和我开玩笑了。人们本来在一起谈笑风生，一见我来了就噤若寒蝉、低头不语；他们有事来汇报，可目光一接触到我，就紧张得屁滚尿流、不敢造次；小青年正在天南海北地神聊，见我走来就戛然而止，一个个吐出舌头；小孩子们听到我的脚步声就吓得四肢发抖，"哇"的一声跑开了……当个人权威树立之后，处理邻里间的矛盾和纠纷，我就得心应手、顺顺当当，没人敢跟我说"不"了。

遗憾的是，我这个好不容易树立起来的权威，竟被人破坏了。起因是我的邻居李下巴结婚。那天，李下巴大摆宴席，左邻右舍、老老少少都被请去喝喜酒。我呢，自然也不例外。不去不行啊，在这样的场合不去，就显得脱离群众了，就不是一个与民同乐的好官了。

我背着手一出现在宴厅，吵吵嚷嚷、又说又笑的人们霎时安静下来，大厅里静悄悄的，宾客们面面相觑。李下巴拍着巴掌，讨好地说："请领导发表重要讲话。"这正中下怀。已经很久没有把大家召集在一起开会了，今天正是一个机会。于是我就站在一个高处，滔滔不绝地讲起来。我从李下巴结婚，讲到了国内的大好形势：经济发展了，社会安定了，人们的生活水准提高了，这是李下巴结婚的社会基础；而这个基础又是与国际形势密不可分的，和平和发展是当今世界的两大主题，有了和平的周边环境，中国才得以迅速发展。我甚至还谈到了宇宙形势，因为天外来客不再闯入太阳系，UFO 不再骚扰人类，特别是彗星不再撞击地球，世界才赢得片刻宁静。谈了整整三个小时，宴会才正式开始。李下巴把我安排在中席的上座，作上宾待，我很满意。然而人们依然屏声静气、正襟危坐，连咳嗽声也听不见了。李下巴看出了症结，一脸谄媚地对我说：

"领导，今天是我的大喜日子，您带头笑一笑？"

"我就不笑了。"我打着官腔说，"让大家笑吧。"

"要不，你带头讲个笑话？"

"我就不讲了，大家随便讲吧。"

宴席的气氛像凝固了一般，令人窒息。一个不满的声音像蚊子似的传来："这到底是吃喜宴呀，还是吃丧宴？"

终天有人抱起不平了。一个女人跳到我身后，在我的两个胳肢窝里使劲儿地搔了起来。"干什么？"我严厉地说。但很快我就撑不住了。我忍不住哈哈大笑起来，一边笑一边扭曲着身子求饶。我这一笑，立即打破了大厅里的寂静，引起哄堂大笑，宴席上的气氛一下子就活跃起来。大家又恢复了热热闹闹的场面，喜乐声重新奏起。

这个女人不是别人，正是我的妻子。知夫者莫如妻呀。她知道我长了一身痒痒肉，别人的手一碰就发笑。没想到她竟在宴席上来这一手，使我的领导权威受到了损害。

回到家里，我狠狠地批评了她："老婆同志，这是一起性质严重的政治事件……"

我的话音未落，妻子的双手又伸了过来。我马上又变成了一个狂笑不止的小丑。

唉，我实在拿她没办法！

不幸的是，左邻右舍也如法炮制，当我走在人群中间，板着面孔、打着官腔时，就有人冷不丁伸出手来，在我的胳肢窝里抓一把，我就忍不住大笑起来，逃之夭夭，我的个人威信立即就土崩瓦解。

这真要命啦！我沮丧极了，又无奈极了。一个领导干部连起码的权威都丧失了，这还叫领导吗？于是，我打了报告，忍痛辞职了。

发泄对象

石蛋在离开家乡前，一直是别人的出气筒、替死鬼，用他自己的话说，就是一个挨打受气的料儿。

石蛋长得圆圆胖胖、皮糙肉厚，是那种五大三粗的人物，但他从小就老实憨直、笨嘴拙腮，因此常常受人欺负。在家里，兄弟们挨了父母的骂，就拿他出气；父母在邻居那里受了委屈，也找个荐儿把他打骂一番。在外面，小伙伴打架吃了亏，也骑在他身上挥拳头，发泄心头的不满。从小到大，石蛋也不知挨了多少打，趴了多少"狗啃屎"，身上经常青一块、紫一块，旧伤未愈又添新疤。对此，石蛋除了痛哭一场、自己抹干自己的眼泪之外，没有一丝招架之力。既然打不过任何人，也说不过任何人，时间一久，就习以为常，甘当出气筒、替死鬼。

长大后，石蛋仍然做人的出气筒、替死鬼，挨了打不算，还经常受人奚落，说他是"沙袋子"、"肉木鱼"、"唱戏的锣"、"说书的鼓"，生就一副挨打的身子，把石蛋贬得一文不值。为了结束这个痛苦的日子，石蛋卷起铺盖，进城去打工。

很快，石蛋就发现城里也不是自己待的地儿。他身无长物，又没有文化，问一家就被拒绝一家；加上长相粗憨、又肥又胖，就是下力气的活儿也没人给他，怕他笨手笨脚干不利索。逛了三十天街，露宿了三十个晚上，挨了三十日饿，花得身无分文，仍像幽灵一样在城市的角落里游荡。

直到第三十一个晚上……

那天晚上，石蛋靠在一棵大树下打盹，一阵寒风吹来，打了个冷战睁开了眼。一看，星光点点、夜风习习，高楼大厦刀削斧劈般耸立眼前；街灯串串，昏昏沉沉，一辆辆汽车飞驰而来，又呼啸而过；从不远的饭店里飘来阵阵酒香，撩得人流下长长的口水，肚子里马上就叫唤起来。石蛋打了个呵欠，伸了个懒腰，然后爬起来，一摇一晃地朝公共厕所走去。

就在这时，一个人东倒西歪地走过来，身子一晃就倒在石蛋身上，把石蛋吓了一跳。从这个人身上扑来的酒味判断，石蛋知道他喝高了，便伸出双手将他扶住。然而，那人还没站稳，就一个巴掌打过来，"啪"的一声，打得石蛋眼冒金星。"你敢碰我？兔崽子你敢碰我？"

"不是我碰你，是你碰我啊。"石蛋委屈地说。

"小兔崽子，你还敢顶嘴？"那人不由分说，又在石蛋身上练起了拳头。

"打吧！"石蛋嘴一撇、心一横，"我正想找个人把我打一顿呢！谁让我没有能力呢？谁让我生成是一副挨打的身子呢？挨打是家常便饭，不挨打才不正常呢！"

那人一句话也不说，挥舞拳头，在石蛋身上砸来砸去，直累得气喘吁吁才罢手。

"打得不轻吧？"那人忽然关起心来。

"你那叫打吗？还没有给我抓痒痒过瘾！"石蛋忍不住笑起来。

"你真的不怕挨打？"那人也笑起来。

"怕挨打？怕的时候早过去了！在家里，我哪天没挨过打？不挨打反而不习惯了！"

"兄弟，我早就跟踪你多时了。"那人双手搭在石蛋肩上，"你进城来找工作，一直没找到是不是？现在，我给你安排一个好工作，你干不干？"

"你说的是真的吗？"石蛋精神一振。

"请跟我来，看看不就知道了？"

石蛋喜出望外，马上钻进了那人的小汽车。这时，天已放亮。汽车走了半个时辰便停在一排不起眼的平房前。下了车，石蛋抬起头一看，就见墙上赫然写着几行大字："你想放声痛哭吗？来吧！你想发泄心头的不满吗？来吧！"石蛋见状，嘴一撇，差点就放声痛哭起来。

那人打开房门，朝石蛋招招手。石蛋探进脑袋，就见屋里摆满了菠萝、苹果、番茄和草莓造型的各种假水果，还有毛绒玩偶、沙人。走进后排房间，门上一溜儿写着"骂吧"、"唱吧"、"喊吧"、"吼吧"、"打吧"、"砸吧"、"杀吧"。石蛋眨眨眼睛，不解地问："你咋有这么多爸呢？"

那人"扑哧"一乐，说："咱这是一套'发泄吧'，专供人们来排泄心中情绪的。如今的城里人，工作压力大、生活压力大、社会压力大，每天都憋一肚子怨气呢，可又没地方发泄。这不，我这发泄屋刚好派上了用场。"

"那我来干什么呢？"石蛋有点失望了。

"唉，你不知道！人们越来越有钱了，发泄的要求越来越高了，玩偶人、沙人、皮人、仿真人……已不能满足他们的需要了。他们需要真人，需要把心中的郁闷全发泄在真人身上。你懂了吗？"

"啥？你是让我做发泄人，天天挨那些人的打？"石蛋如梦方醒。

"兄弟，你这副身材，我刚才试过了，肯定没有问题，而且还拿高薪！你何乐而不为呢？"

"命呀！"石蛋长叹一声，眼泪就从眼缝里渗出来。

你是一头 zhu

李少背着手，迈鸭步去了街东头，一路左摇右晃，也没见到啥新鲜玩意儿。可就在一棵老槐树底下，他发现了一个可笑的现象：一个瘦子正盘坐在地上，卖一堆望远镜呢。哈！我活了五十多年，只见过卖稀罕物的，没见过卖没人要的东西。这望远镜，少说值十块吧？小孩子买不起，大人又舍不得买，你瘦子是一副猪脑子，当猪卖屠夫也嫌你瘦！

李少发现了这个现象后，就站在一边不动了。他想看看这头瘦猪到底怎么卖这些破烂物。这时就见瘦子拾起一架望远镜，调了调焦距，对着远方的一栋大楼瞧开了。"嘿嘿！"瘦子一边瞧一边乐，忍不住的样子。"好玩！真他妈的好玩！"瘦子一边瞧还一边喝彩，自我陶醉的样子。李少顺着瘦子的望远镜往前瞧，那栋楼上除了一排排窗户，什么也没有。李少笑了，心说，小子！你屁股一撅，我就知道你想干啥；你想用这一招儿吸引顾客来买你的破烂货！有几个像你一样的傻猪？

"喂，别装了，没人上你的当！"李少鄙夷地说。

"嘿嘿，真他妈的过瘾！"瘦子还在欣赏。

说话间，就有三三两两的人一齐围过来，都顺着瘦子的望远镜往前瞧，也和李少一样，除了一排排的窗户，什么也没看见。

"是不是有女人在里面洗澡？"一个人问。

"嘿嘿，真他妈的过瘾！"瘦子不理。

"哥们儿，是两口子在床上睡觉吧？"另一个人问。

"嘿嘿，过瘾！真他妈的过瘾！"瘦子还是不理。

其中一个黑子，涎一脸谄笑，伸出手道："哥们儿，让我瞧瞧。"

"凭什么？"瘦子放下望远镜，歪着脑袋，投来两道白光。

"不就是一架望远镜吗？"

"对呀！有种的你就买一架呀！"瘦子激他。

"多少钱？"黑子把手伸进兜里。

"十块！"

黑子又把手缩了回来，问："租不租？租一回多少钱？"

"八块！"

"你耍弄人呢？租一回就要八块！"黑子叫唤道。

"那你倒是买一架呀，又没逼你！"瘦子不屑地说，"真是的，没钱就待一边去。"

"买！"黑子吼了一声，摸出十块钱扔在瘦子脸上，"瞧你一副奸商的德性！"

黑子端起望远镜，调好焦距，也对着远方的大楼瞧起来。

"黑子，你到底瞧见什么啦？"

黑子不理，像蜗牛爬似的移动他的望远镜，直到定格不动了。

"黑子，你的脸怎么红啦？一定够刺激吧？"

"黑子，你的脸怎么又白啦？"

李少哼了一声。李少把这一幕看得真真切切。他挤了过去，拍拍黑子的肩膀，道："兄弟，你上了这个奸商的当；他骗你买望远镜呐。"

"你才上当呢！"黑子的脸越发难看了，厉声回敬道，"你怎么知道我上当了？"

"那你告诉我，你都瞧见什么啦？"

"我凭什么要告诉你？"黑子一边蹦一边往外挤，"我花了钱的，凭什么要告诉你？你大概是买不起，想占点儿便宜吧！"

"嗨——"李少噎了个面红耳赤。

一个胖子见状,赶紧扔去十块钱,摸起一架望远镜,也调调焦距,往那栋大楼上瞧。

"胖子,到底是什么?"人们又把目光全投向他。

"嘿嘿,不告诉你们!"胖子收起望远镜,"要想知道呀,自己买望远镜去!"然后朝大家吐吐舌头,意味深长地走了。"我买一架!""我买一架!"

转眼间,瘦子面前的望远镜被抢购一空。大家举起望远镜,争先恐后地往大楼上瞧。

现在,只剩下瘦子手里还端着一架望远镜。瘦子趁热打铁,扯起嗓子喊开了:"快来租望远镜呀,两元一租。"大伙儿立刻排起了队,每人扔下两元钱,瞧五分钟。

"怎么什么也没看见呀?"有人问。

"仔细找找。没有,怎么这么多人看呢?"

可是,时间一到,瘦子就收回望远镜。

人人都租了望远镜,都往大楼上看了,只有李少没租过。李少痴痴地站在瘦子面前,纳闷儿道:"怪呀,明明是这个奸商欺骗人,怎么就没人信呢?"

"喂,哥们儿!那里面真有女人在洗澡?"李少想走,又放心不下。

瘦子白了他一眼,不理。

"这样吧,为了弄个水落石出,我也租一回。"李少伸手掏钱。

"不租!"瘦子又白了他一眼。

"你记恨我?"李少生气了。

"我卖!"瘦子说。

"好,我买了!"

"二十"

"你涨价!好,二十就二十!"

李少扔出二十元钱,从瘦子手里夺来望远镜,镜头从最下一层楼挪到最上一层楼,从左边挪到右边,认真地寻找起来。可是,每格窗户都用帘

子捂着呢。找了好半天,才看见中间一层的楼墙上,不知是谁用毛笔歪歪斜斜地写了一行字。李少一字一顿地念道:

"你、是、一、头、zh— u— zhu(猪)!"

李少的脸刷地就红了。一扭头,发现卖望远镜的瘦子已经不见了,身边一个人也没有,便狠狠地骂了一句:"妈的!"

洋　酒

我在一楼开了个小卖部，虽然也叫做"百货店"，其实只经营几件生活日用品，油盐酱醋、香烟白酒等等。谁知开张没三天，我就后悔了。我住的这个小区，七八栋公寓，一窝蜂就开了八九家小卖部，方便了住户，却赔了店主。我记了记，我的小卖部开张第三天卖了一包烟，第十天卖了一斤盐，满月那天卖了一支牙膏……眼睁睁地看着新进不久的小商品们，羞羞答答地蜷曲在柜台上，渐渐蒙上了一层厚厚的灰土，像嫁不出去的老姑娘。我成天抱着脑袋唉声叹气，责骂自己眼窝浅、脑袋实，黄鼠狼没捉住反蹭一身骚。

然而，没过多久，我的小卖部就时来运转了。

住在同一个单元三楼里的是一位领导。之所以断定他是领导，是因为他脑袋大、脖子粗，不是领导难道是伙夫？平日见了，朝我点个头，连咳嗽声都带个官腔。我这个人胆小，最怕与领导打照面了，所以总是对他敬而远之。没想到一天上午，我的小卖部里突然闯进一个人来，是一个胖胖的女人，笑盈盈地对我说："老金头，托你一个事儿中不中？"

这女人不是别人，正是领导的老婆。过去，她从不正眼瞅我一下，今日却仙女下凡。我受宠若惊，连忙起身，不假思索地说："中！中！"

"你瞧，我大女婿送来一瓶洋酒，我家老赵舍不得喝。我的意思是送到小卖部来，请你代卖一下。一千多的东西，你给我九百就算了。"

领导老婆交代的事，我怎敢推托？于是，我又不假思索地说："中！中！"

可是，领导老婆一走，我就傻眼了。这么贵的洋酒，谁买得起呀？如果"嫁"不出去的话，柜台上岂不又养了一个老"姑娘"！那可是我一家人半年的生活费呀，我咋轻易答应下来了呢？

我急得吃不下饭、睡不着觉。一直熬到晚上，忽听小卖部外面有人敲窗户，我伸出脑袋一看，是一个衣冠楚楚的年轻人，不认识。他压低声音对我说："师傅，有洋酒卖吗？"

我闻言，精神一振，连忙说："有！有哇！新进的特级人头马，只卖一千块。"那人也不还价，接过洋酒后，扔我一叠钱，然后神秘地消失在夜色中了。

哇！洋酒原来这么好卖！不到一天就让我赚了一张老人头。我信心倍增、食欲大开，当第二天领导老婆又来敲我家的门，依然笑盈盈地说她的二女婿又送来一瓶洋酒，还麻烦我代卖一回时，我连忙说："中！中！"

就这样，几乎每天上午，领导的老婆都来敲我的房门，让我代卖人头马，而这瓶人头马每天晚上必定被人买去，决不会等到天明。买主中有男有女，也有老有少。头几天，领导老婆每次送来洋酒，都说是她女婿送来的，我算了算，她一共九个女婿，就像约好了似的，九个女婿轮流送酒。其实，送来送去，全是同一瓶洋酒，我做过记号，决不会错的。所以，当领导老婆说这洋酒是她女婿送的时，我就忍不住想笑。领导老婆似乎觉察到了，时间一久就不再说洋酒是谁送的，只朝我神秘地一笑，我也就心照不宣。

逢年过节，洋酒便紧张起来，因为这段时间每天晚上都有好几拨人要送礼。不过没关系，大凡送礼的人只管排队坐在我家里候着，我好茶好烟款待。当第一个人将人头马送到领导家里，不到二十分钟，领导老婆必定又把酒送回我家代卖，并且大声喊着："老金头，又麻烦你了！"这声音分明是提醒等候送礼的人：现在该轮到你啦……

正当我盘算着怎样把这发财生意年年做下去，一直做到孙子辈、重孙辈时，不料形势逆转。这天晚上，一位送礼者把刚买去的人头马又匆匆拎回来了，要求退货。我接过洋酒问："咋的啦？"

"老赵被抓、抓起来啦！"送礼者惊魂未定，说话结结巴巴。

"你咋知道？"我大吃一惊。

"我亲眼见到两个大头帽把他带走了。多亏我晚去了一步，不然就是自投罗网啊。"

"天，财路断也！"我仰天长叹，手一哆嗦，就听"咚"的一声，洋酒摔在地上，包装盒里的瓶子整个碎了，洋酒也流了一地。

我下意识地蹲下身子，一股刺鼻的异味迎面扑来，我傻眼了：分明是一股臊哄哄的人粪尿味儿……

冒牌货

这件不幸的事发生的时候,我刚从医院里回来。

俗话说:祸不单行。就在昨天晚上,我突然患了感冒,发烧、咳嗽、畏寒;看了大夫之后,我打了针、吃了药,然后戴着口罩,用毛巾把自己的头脸全部包起来,只露出一对小眼睛,精神萎靡地赶回家。

当我走近自己家门前时,我被眼前的情景吓呆了——

一个年轻人,二十岁左右的样子,我怎么看就怎么觉得他是那样面熟,就在哪儿见过,可就是想不起来。这个面熟的年轻人头发梳得油光可鉴,穿西装、打领带,一副派头十足的模样,正站在我门前喊左邻右舍:

"大娘大婶,老少爷们,快来呀!我的钥匙不小心丢了,帮帮我把门撬开吧。"

话音刚落,左邻张大伯、右邻李大婶便应声出来了,张大伯还手拿着改锥、锤子、老虎钳子和钢锯。李大婶围住那年轻人转了三圈,哎哟一声惊叫道:"小金子,你怎么一夜之间就年轻十岁呀?快告诉婶子我,你使用了啥药方子,我也学着点儿。"

我突然想起来了,那小子怪不得这么面熟,原来他长得太像我了,简直就是一个模子铸出来的,也难怪张大伯、李大婶把他当成我了。正在这时,张大伯发话了:"行啦,在这个节骨眼儿上你还臭美,先把门撬开吧。小子,往后长点儿记性,千万别再丢三落四的啦。"说着,举起锤子就往门锁上砸。

天啦,那可是我的门呀!我再也沉不住气了,"嗷"的一声跳过去,一边将脸上的毛巾扒开,一边振臂高呼道:"住手!你们想干什么?"

这下子轮到张大伯、李大婶吃惊了。他瞅了瞅我,又瞅了瞅那个年轻人,然后彼此对视道:"怪了,他们怎么长得像亲兄弟?"

"我压根儿就没有什么亲兄弟!"我吼道,"我才是真正的小金子啦。你瞧,我的钥匙根本没丢,这不是吗?"

我掏出钥匙在他们面前晃了晃。就在这时,那位冒充我的家伙朝我扑来,揪住我的衣服喊:"小偷,他就是偷我钥匙的小偷!抓小偷呀,千万别放走了小偷呀——"

"你贼喊捉贼!"我气得举起拳头就打。

"打吧,老子是贼老子怕谁!"这家伙一边小声说话一边奋起反击,仗着自己年轻,三下五除二,几个回合就将我这个病号摆平了。

"停!"做过治保主任的张大伯朝我们吼了一声,然后一步一步地走到我面前,把眼睛瞪得像一对雀蛋。"我看出来了,你有点儿像小偷。第一,你大白天用毛巾捂着脸,鬼鬼祟祟的,一看就不像好人;第二,你的嗓子就像发过烧,有点儿不像小金子的声音。走,到派出所去一趟吧。"

这下子我可真急了,大声喊道:"慢。张大伯,我可有身份证呀。"

我掏出身份证递过去,谁知那小子也掏出了身份证:"他的身份证是假的,我的才是真的啦。"

张大伯将两张身份证仔细地辨认了一番,道:"真是碰见鬼了,他们人长得一样,怎么连身份证也没有一点区别?这也难怪,如今造假者是专家,能以假乱真。"

我又掏出工作证、学历证什么的给张大伯看,没想到那小子也掏出了一模一样的证件,一样得连颜色、字体、字号也分辨不出来。可恨的造假者!

"既然你找不到具有说服力的证据,你仍然是一个嫌疑犯。还是跟我去派出所吧。"

去就去,真的假不了,假的也真不了。"等一等。"那骗子却从我手里夺走了钥匙，将我的房门打开，不到一泡尿的工夫就把我的存折、信用卡和数万现金全部搜出来了，然后在张大伯、李大婶面前晃了晃，道："还好，它们没丢，全在这里。大伯大婶，快把这个骗子送走吧。"

我忍无可忍，一边挣扎一边喊："他才是骗子啊，快抓住他，别让他跑了。"

"老实点！"张大伯用他老虎钳似的大手紧紧扭住我，就连李大婶也弯下腰死死抱着我的双腿，我一丝一毫也动弹不得。

"让他也去派出所！"我只好大声喊。

可是，当他们回头找那小骗子时，连影子也见不着了。

"人呢？"张大伯问。

"你上当了。"我气得要哭。

"可是，你也不能证明自己就是真小金子呀？"

"糊涂！我问你，你是不是张大伯？"

"对呀。"

"昨天中午，我是不是在你家喝过洋酒，把你灌醉了，你自个儿骂自个儿是王八蛋？"

"没错。"

我又问李大婶："你是不是李大婶？"

"对呀。"

"昨天晚上我是不是在你家打过麻将，你押钱，我坐庄，结果你输了钱，反骂我是倒霉鬼？"

"有这事！"

"看来你才是真的小金子。"张大伯和李大婶这才恍然大悟，"可是，他怎么这样像你呀？连声音也像。是不是你二十年前曾糟蹋了一个姑娘，害得她怀孕生下了一个孽种儿子？"

"二十年前，我还不到十岁呀！"我哭笑不得。

"那你父母是干什么的？"

一听这话，我没脾气了。我没好意思说，他们是一对克隆人专家……

推 销

张总的公司与许多要害部门有着千丝万缕的联系,这就要求有一位称职的公关小姐胜任某些工作。张总高薪招聘了不少女孩,试用之后均不满意。要么小家子气,要么缺乏耐心,要么脸皮太薄,要么语言能力不尽如人意⋯⋯

为此,张总很是苦闷一阵子。

这天,张总正在家里休息。突然听见门外响起了敲门声,轻轻地,锲而不舍,张总就明白是什么人来了,但又不能不去打发人家走,否则这响声会持续到永远。

于是他板着脸拉开门,严厉地说:"请走吧。我什么东西都不需要。"

这是一位被太阳晒得皮肤发黑的年轻女推销员,样子很精明。她冲张总笑道:"开门七件事,柴米油盐酱醋茶。先生怎么说什么东西也不需要呢?反正已经打搅您了,不妨再耽误您一点时间?"

"你是推销什么的?"张总只好问道。

"先生,"推销员看一眼张总嘴边的胡子,"首先我要免费送您一只精致的电动剃须刀。"

"不要钱是吗?好的,先谢谢啦。"张总知道她在打迂回战,便将计就计地接过推销者的剃须刀,扭头欲走。

"嘻嘻，先生您误会了。是这样的，剃须刀当然免费赠送，您看，这是一包新潮女式筒袜，您必须首先买一包。"

"哦，原来并不是白送呀。"张总假装明白了，"可我是一位男士，不可能穿女式筒袜吧。"

"您可以给妻子买呀。"

"天，她都四十多了……"

"还有您的小情人呀。像您这么英俊潇洒的先生，事业发达，不可能没有自己的情人吧。"

张总脸一沉："不许胡说！我的老婆正在家里，要是她听见了……"

"啊，对不起。不过这恰恰说明您很优秀嘛。您的夫人肯定能够理解并为您高兴的喽。先生，一个女孩站在这里费了半天唾沫，您总得赏点脸吧。至少，让我进去喝口水？"

让你进去？恐怕你不达到目的是不会罢休的！张总想。便吓唬道："不行，我不能让你进去。请你赶快离开这里，不然我可报警啦。"

"这怎么会值得报警呢？先生，您有钱有势，生活富裕，一定有个漂亮的妻子和可爱的孩子，多么让人羡慕呀。不像我们，辛辛苦苦还遭白眼，比如您，不是正在驱赶我吗？"

张总实在无计可施，想关门吧，女孩正靠在门上。只好换句软话欺骗她："不是已经告诉你了吗？我什么也不缺，什么也不要。再说，我下岗了，没有这个闲钱。"

"噢，您下岗了？这说明您的家庭条件不太好。既然不好，肯定会缺少什么的，比如，降价的日常品和廉价处理品，本公司应有尽有。想想看，到底缺什么，我明天送过来。"

张总气得忍无可忍，吼道："除非你给我找个能公关的小姐，什么都不缺。这回你听清了吗？"

"噢，这说明您还是有钱嘛。"

张总不再饶舌，强行把她拉到一边，随即将门关上。

张总回到沙发上，回忆刚才的经历，不由得苦笑起来。这女孩，脸皮厚得实在可以，不过倒也能说会道，颇有心计……张总突然将大腿一拍，心头豁然一亮。对呀！何不聘她当我的公关小姐？像她这样敢说敢干的女孩，实不多见，长得也不太差，一定能胜任的。

想到这里，张总不由得哈哈大笑。真是得来全不费工夫啊！

他相信这个女孩还会来的，她的工作不容许她放弃任何机会。一旦被我聘用了，岂不比当推销员强百倍？于是张总提笔拟写聘书……

次日，这位女孩果然又敲门进来了。"先生您好，又打搅您了。不过我今日可不是来搞推销的，您尽管放心。说实话，我敲了无数家门，还没遇到过您这样心硬如铁的家伙。是这样的，您不是下岗了吗？昨天我把您的表现向公司老总汇报了，老总已同意高薪聘您担任本公司的门岗负责人。喏，这是聘书……"

张总目瞪口呆，窘得一句话也说不出来了。

新兴职业

知道不，我的女朋友是我在购物时认识的。

天凉了，我到商场去买秋衣。一个女摊主死缠着我，把她的商品说得天花乱坠，特别是秋衣，不仅是纯棉的，还是出口转内销的，一点化学味儿也闻不到，可谓精品之上乘。我把她递来的一套秋衣摸了半天，也分辨不出好在哪里、坏在何方，只好买下来。可一问价格，一件秋衣加一件秋裤，外含一条内裤，共需二百八十元整。我问："可否少一点？"摊主为难地说："看在你真心想买的分上，才说出了公道价。"既然提不出任何反对意见，那就买吧。反正我做"冤大头"也不止一次了。

正当我交了钱，转身要走的时候，突然听到一个声音说："先生，等一等。"我扭头一看，是一个漂亮的女孩，并不认识。女孩叫住我之后，便愤愤地质问摊主："大姐，这位先生对买卖一窍不通，可你也不能太坑人吧。这套秋衣真的是纯棉的吗？你骗得了他，还能骗得了我？如果我没说错，收八十元你也得赚五十吧。"

摊主遇到了内行人，结结巴巴，无言以对。最后，她终于极不情愿地退还我二百元钱。

女孩一句话，就让我省去了二百元，这可是我两天的工资呀！这时，我抬手看了看表，已经过了中午十二点，便试着问："小姐，我请你一起吃点饭吧？"

女孩一愣，转眼又笑了，大大方方地说："好哇，正好我也饿了。"

这位女孩就是我的女朋友阿莲。

阿莲做了我的女朋友后，我的生活就简单多了，尤其是不用再做"冤大头"了。阿莲不愧是购衣服的行家，她为我和为她自己买任何一件衣装，总是货比三家，并且把这些商品的优缺点分析得入理透彻，让商家无言以对，自然，价钱也还到最低的价位。

然而，和阿莲在一起生活了一段时间后，我开始对她产生了不满。阿莲一直是个无业青年，没有固定收入。我不可能养她一辈子吧。于是，我就委婉地提出这个问题，想打发她出去找一份工作。

阿莲答应了。但她每天进城闲逛，晚上空手而归，与我唠叨的全是商场上的事，不是这个商场的衣服降价了，就是那个批发市场正在搞纺织品促销……而工作的事，始终只字不提。我越来越烦了，决定给她施加更大的压力。

谁知，三天之后，阿莲就给我打电话，说她找到了一份不错的工作，而且收入比我还高。

我喜出望外，忙问她是什么工作。她卖关子说：你到商城来找我，一看就知道了。

我匆匆赶到商城，在服装市场找到了她。然而，在看到她的同时，我又被另一个情景惊呆了。原来，站在她身边的一个小伙子——我一点也不认识——竟与她攀谈起来，两人还凑在一起指指点点、嘀嘀咕咕，看样子他们是在买衣服。

他是谁？阿莲为什么对他如此贴心？我不由得警惕起来，便躲在一边，睁大眼睛盯着看他们到底要干什么。

买卖成交之后，阿莲便和那个穿着新西服的男人说说笑笑地走了。路过我身边时，我没有让他们发现，而是远远地跟在后面。

阿莲他们走下楼梯，一直到了地下室。他们推开里面的小屋，双双走了进去。我越发纳闷了：阿莲所说的工作，难道竟是一种见不得人的勾当？

我悄悄跟过去。这时，我看见了墙上张贴的一张纸，立即被上面的文字吸引住了。

敬　告

一、为了适应时代要求，"新时代陪购服务处"即日成立，并招聘大量陪购先生或陪购小姐。条件：对服饰、鞋袜、五金、电器、电子等产品熟识其一者，精通该类产品的行情、质量、价位，并能讨价还价；

二、本处提供大量陪购人员。您不可能样样是行家，所以您肯定挨过宰。从现在起，您只需缴纳五元钱就可以按自己的需要领走一位内行的陪购先生或陪购小姐，保证您在购物时能买到最经济最称心的商品，以免除商人对您的蒙骗之虞；

……

原来如此！我明白了，彻底明白了。我长长地舒了口气，心说：阿莲，天生我才必有用，你今天终于有了用武之地。

正在这时，门打开了，从里面走出一个人来，正是阿莲！

"先生，你需要我做陪购小姐吗？"

"是的，我需要！"我将阿莲揽进自己的怀里，狠狠地亲了一下，"吧"的一声脆响。"你是我永远的陪购小姐……"

热心的大夫

今天早上天气很好,进城之后天气却变得很坏。天气变坏了之后,我就不舒服起来,具体感受是:头痛、发热、鼻腔阻塞,还时常咳嗽。遭遇这突如其来的打击,我变得蔫头耷脑、昏昏沉沉,眼皮一点儿也抬不起来。于是我就去了爱民医院。

爱民医院的白大褂们个个和蔼可亲。其中一个女大夫见了我就"哎哟"一声,吓得我眼皮一跳,睁开了双眼。女大夫说:"快坐快坐。看,都病成这个样子了!"

我便坐下来,把我的病情向女大夫做了详细的介绍。

女大夫万分惊讶地听了我的话,口里"啧啧"连声。她伸手摸了摸我的头,大吃一惊地说:"天啊,像热馒头似的,多烫手!"接着又说,"瞧你都咳成什么样子了,瞧你呼吸困难的样子。年轻人,不是我批评你,你怎么不早点来?多亏现在还有救,不然的话,再晚两个小时……"

"我、我怎么啦?大夫,我是不是得了不治之症?"我吓得嘴唇哆嗦,四肢不住地打颤。

"安静点!安静点!"女大夫按了按我的肩膀,语气平静地说:"不是已经告诉你了吗?你有救,死不了的。"

"大夫,你一定要治好我的病呀。"我的声音差点儿走了样儿。

"一定。一定,我现在就给你开方。"女大夫和颜悦色地说。

女大夫便摊开纸笺，打开钢笔给我开药方。"首先，你要做个脑电图，因为导致头痛的原因很多，其中包括脑肿瘤。"

"好，好。"我心惊肉跳，连连点头。

"其次，你要验血、验尿，看看高烧是由什么病毒引起的。"

"行，行。"我没有任何理由不同意。

"另外，你还要做CT、B超、X光透视。"

"这也有必要吗，大夫？"我不解地问。

"当然有必要，因为肺炎、肺癌，甚至艾滋病的症状之一就是咳嗽。不仅如此，你最好还要照胃镜、查骨质疏密、搞基因调查……"

"大夫，我到底得了什么病？"我越听越迷茫。

"对不起，有的病情需要对患者高度保密。"女大夫为难地说。

"好，我听你的，大夫。"

"然后，你要挂三瓶点滴。"

"再然后呢？"我有点心虚。

"再然后，我给你开十盒进口西药，二十剂高档中药，三十包中西合成药，四十服土秘方药……"

"这个，要花多少钱？"我紧张起来。

女大夫埋头在计算器上一阵乱敲，说："也不多，八千八百八十八。"

"啥？"我神经质地从椅子上跳起来，"我哪有这么多钱？大夫，你是不是……"

"坐下！请坐下！"女大夫严肃地说，"我看你精神有点异常，再动，可能要开些精神病药，如催眠素、镇静剂等。"

一闻此言，我赶紧坐下来，再也不敢乱喊乱叫了。

"年轻人，说实话，你带了多少钱？"女大夫又恢复了和颜悦色。

"我？大概不到三千。"

"太少了。这样吧，CT、B超和X光就不要了，验血验尿也不搞了。"

"多谢！多谢！不过，其中一千块钱是别人托我进城买东西的，不能动。"

·138·

"照顾你，三瓶点滴也免了。"

"大夫，我想起来了，剩下的两千块钱，有一千是用来还债的，今天必须还，否则，明天就得翻番。"

"你这个人！是治病重要，还是还债重要？"女大夫把桌子一拍，一副忍无可忍的样子，"瞧你一身穷酸相，量你也榨不出二两油水来。这样吧，进口西药也免了。"

"多谢多谢。"我连忙点头哈腰，感恩戴德。本来剩下的一千块钱是我打算进城给妻子买电动自行车的，她明天上班要使，但现在只好对不起她了。

正在这时，我吓了一跳。因为我一摸钱包准备掏钱时，发现里面什么也没有。

"大夫大夫，请停一停。我的钱不小心落在家里了，因为我早上进城太慌张了。大夫，这可怎么是好呀！"我急得捶胸顿足。

女大夫愤怒地瞪了我足足半个小时没眨一下眼睛。她的承受能力分明已经到了极限。

"你不拿钱就来看病，你是不是拿我们医院穷开涮呀？来人啦！今天你一定要说清楚，不然就别想回去。"女大夫的脸色由青变紫。

"我真的是忘掉家里了呀！大夫，我都病成这个样子了，怎么会拿医院穷开涮呢？"

"说说你的家有多远？"女大夫很久才恢复了正常。

"不远，只有十里。"

"好吧，你赶快回去拿钱。记住，这些药我已经替你开好了。你的病情在不断恶化，来晚了，后果自负。去吧！"

"是，是。"我转身就往家里跑。

我跑得大汗淋漓。踢开家门，我顾不得擦一把汗，立即把忘带的钱装进钱包里，准备再返医院。这时，妻子发现了我。

妻子问："你怎么啦？"

"我病了，大夫说我快不行了。"我上气不接下气地说，"我头痛、发烧、鼻腔阻塞，还时常咳嗽。"

妻子吓了一跳，立即伸手摸摸我的脸，说："并不发烧呀。"

我也急忙摸摸我的脸、摸摸我的脑袋，越摸越心情舒畅，越摸越欣喜若狂。是的，我不再发烧了；而且我还惊喜地发现，我再也没有咳嗽过，鼻腔通畅，头也不再痛了……

售后服务一条龙

"一条龙"裤子专卖店热闹非凡，人员忙碌。商店门口贴着花花绿绿的广告和最新优惠的告示。商店经理胸挂身份标志，亲自站在门前迎候顾客；服务小姐正用喇叭反复广播商店新出台的措施和优惠服务项目："凡到我店购买的裤子，如果出现断线和开裂，本店均负责免费缝纫；如果裤子出现质量问题，或流行期已过，顾客可凭旧裤子来我店换取一条新的新潮的裤子……"

"真是世上独一无二的商店。"姐姐荣子对妹妹梅子说，"如果我们不到这么优惠的商店里买一条裤子，真是连自己也对不起了。"

于是，姐妹俩来到商店，各人选择一条自己满意的裤子。她们将裤子穿在身上，十分高兴，嘻嘻哈哈地笑着，一会儿你捶我一拳，一会儿我还你一掌。

"嘭！"突然荣子听到一声响，原来是自己刚才弯腰的时候，裤裆裂开了一道线。

"这是什么裤子！"荣子愤愤不平地说。

"不是说可以免费缝纫吗？"梅子说。

姐妹俩就去找经理交涉。经理谦恭地说："抱歉，请到二楼一号室，免费缝纫。"

姐妹俩来到二楼一号室，里面果然有一台缝纫机，一个人正在缝纫机旁等着。那人接过裤子，脚踩踏板，没几下就缝合了。

"对不起，请交两元钱。"那人说。

"不是免费缝纫吗？"

"当然，这并不矛盾。我们免收手工费，只收机械磨损费。"

"这不等于进了缝纫店吗？"妹妹梅子争辩道。

"得了，就当我们进了缝纫店吧。"姐姐荣子连忙付钱，息事宁人地说。

她们刚要下楼找经理，见一位老太太手拿一条裤子，匆匆往二号室里走。姐妹俩好奇地跟了进去，见里面摆了许多裤子。

"我前天买的裤子，昨天洗了一水就褪了色。我要求退换。"老太太说。

"如果裤子出现质量问题，欢迎退换。"一个女店员彬彬有礼地说。

老太太挑了一会儿，终于挑好一条满意的，就笑笑说："我可以走了吧？"

女店员说："等一等。裤子可以调换，免收进货成本费，但要收专项服务费，请交二十元。"

"天哪，这不是重新买一条吗？"

"没办法，我辛辛苦苦站在这里，不能没有收入吧。"女店员拉下脸说。

老太太不服气，就和这个店员吵了起来。最后，老太太骂商店太缺德，女店员则骂老太太缺心眼儿。

老太太年近七十，哪受得了这等羞辱，气得脸色苍白，浑身痉挛，口吐白沫，捂着胸口直摇晃。旁边有一位老头很内行地喊道："快抱住她，是心脏病发作。"

妹妹梅子很机灵地奔过去抱住老太太，姐姐荣子则奔下楼喊经理："快！有人犯了心脏病，急需送往医院。"

经理匆匆赶上了楼，一边喊道："不要惊慌失措！本店服务周到，为了预防有心血管疾病的人发生意外，我们早已准备了免费急救室，免收医疗费，只收医药费！请把病人送到三号室！"

几个人匆匆把老太太抬到了三号室进行急救。大夫一看，焦急地说："快抢救，病人已出现死亡迹象。"

"不要紧。凡本店顾客不幸死亡的，对面就是免费火葬场，他们免收火化费，只收燃料费。"经理很镇静地说。

荣子气愤地问："有免费骨灰盒吗？"

"有。免收……"

"我知道，免收制工费，只收原料成本费……"

倒请客

村里刘木匠的儿子刘柱子高中毕业，正在谋职业，而村委会里正好缺少一位有文化的干部。只要"四个舅"村长一下聘书，刘柱子就能走马上任。而四村长毕竟是四村长，不捞足酒饭是不会轻易把好事拱手与人的。

于是，隔三差五，村长就带着会计、主任在刘木匠房前屋后走一遍，故意让刘木匠看见。刘木匠有求于人，不敢怠慢，大老远就迎过去，恭维道："各位领导辛苦了，有何公干？"

"检查。"村长若无其事地答道。

"到屋里坐一坐。"

"好。看看你做的家什。"

好烟、好茶、好瓜子，招待了一顿之后，村长说要告辞，刘木匠活儿忙，也不强留。

不久，村干部们又来考察"副业"，在刘家吃了一餐。临走，四村长说："刘柱子的事，我们回去开会商量一下。"

已经商量好几次了，刘木匠想，难道是酒饭的档次不够？下次，刘木匠提高酒菜质量，增加花色品种，加强微笑服务。这次，客人们也吃得心情舒畅，谈笑风生。然而，临走，四村长还是那句话："回去开会商量商量。"

刘木匠捶胸顿足长叹道："求人真难啊！"

刘柱子正捧着一本书,走过去劝说道:"爹,您老莫伤心。没见我在钻研养殖业吗?我的理想是办个养鸡场,发家致富。当村干部,不是我的追求。"

刘木匠又惊又喜,道:"真的?儿啊,你做得对,自己的前程还是要靠自己去争取啊。"

柱子说:"我知道。"

这回,四村长打刘木匠门前走过,刘木匠只同他们打了个礼节性的招呼,再也没有请他们吃饭的意思了。

四村长虽然装着若无其事,却对今日的刘木匠大感不解,难道他忘了有求于我?等刘木匠走出很远,四村长回过头来,装作刚想来的样子喊:"刘师傅,今日到你家商量刘柱子的事。"

刘木匠头也不回,道:"你们回村部里去商量吧,商量好了再来通知我。"

见此情景,四村长大吃一惊。难道刘柱子不想当干部?这可不行!村里太缺乏文人了。自己的文化在村里最高,却在一次"科学养牛"宣传会上,把"牛有四个胃"念成了"牛有四个舅",引起哄堂大笑,丢尽了脸面,至今还留下了"四个舅"村长的"雅号",简称"四村长"。可是,情况突变,怎么办?

"人家不请我们了,怎么办?"会计、主任一起来问。

四村长摸了半天脑壳,懊丧地说:"还能怎么办?晚上订一桌酒饭,倒请他和他儿子一顿吧。"

冷漠时代

　　王笑脸做梦也没想到，他进城之后会惹出一场大祸。
　　王笑脸天生一副笑脸，从小到大都没板过，连哭的时候都是笑的；加之人特别有礼貌，差不多见熟人就打招呼，见陌生人就点头，一副笑眯眯的样子，人送外号"王笑脸"。
　　王笑脸第一次走在繁华的大街上，脸上笑得更灿烂了。嗬！大楼真高呀！小汽车真多呀！人行道上的自行车真花色呀！马路两边的行人真时髦呀！王笑脸一高兴，就情不自禁地放慢了脚步，眼睛朝四周多停留了一会儿。
　　"呀！"就在这时，突然听见有人尖叫了一声。是身边最近的一个妇女发出来的。她这么一叫，行人纷纷惊慌逃窜，还一边捂着背包一边回头张望。其中两位急不择路，误入自行车道，将一辆自行车撞倒，结果身后的自行车全追了尾，噼噼吧吧倒了一片，许多人被摔得呼爹喊娘。王笑脸见状，也"呀"了一声，奔过去就要扶人。谁知，人还没靠近，摔倒的人就一个挺儿翻起来，提着自行车，如鸟兽散。
　　"怪呀！"王笑脸皱着眉头想。但他皱眉头的时候，脸还是笑的。
　　王笑脸第一次踏进公共汽车，身边站满了乘客，甚至人挨人。王笑脸与这么多陌生人零距离接触，心里那个美呀，脸上笑容洋溢，伸手可掬。开始，大家谁也不理谁，谁也不瞧谁。可是，车没走多久，他的笑脸还是

· 146 ·

让一个人用眼角的余光给扫描上了。那人睁大眼睛仔细一看，愤怒便写在脸上。"你想干什么！"那人大吼了一声。王笑脸以为人家在跟自己打招呼呢，忙点了一下头，"嘿嘿"地笑出声来。这一笑，周围的人纷纷掉过脸来，这才瞧清了王笑脸的脸。大家赶紧捂住自己的背包，摸自己的口袋，然后下意识地朝四周挤去。车上一阵大乱。许多人被踩了脚，发出严厉的抗议声。

只有王笑脸孤零零地站在那里，一点儿都没有人挤。王笑脸想：城里人真讲礼貌啊，怕挤了我这个外乡人，宁愿自己挨挤，也要给我留点空间。便朝大家伙儿鞠了个躬，连声说："谢谢！谢谢！"

就在这时，从人堆里发出一声惊叫："不好，我的手机丢了！"大家闻言，又把眼光齐刷刷地投到王笑脸身上。王笑脸连忙摇头，一边笑一边申明："我没看见，真的没看见。"

然而，丢手机的人却挤出人堆，站在王笑脸面前，严厉地问道："你叫什么名字？"

"我？嘿嘿，我叫王笑脸，从娘胎里生出来就是这副模样。算命先生给我卜卦，说我是布袋和尚托生，大肚弥勒转世。"王笑脸眉飞色舞地说。

"少废话！姓王的，快把我的手机交出来吧！"

"咦？同志，我真的没看见你的手机。你咋认准了是我捡了你的手机呢？不信你来搜搜。"王笑脸有点不满，但脸上依然笑着。

"搜身和偷东西一样，是违法的！懂吗？你自己把口袋倒出来吧。"

"中！中！"王笑脸急忙把自己的口袋全翻了个底朝天，里面除了几卷废纸，几张现金外，什么也没有。

"这回你该相信了吧。"王笑脸得理了。

"怪呀，就他这副对不起人的样子，不是他会是谁呢？"那人嘀咕道。

王笑脸下了公共汽车，刚走了几步，就听背后有人喊："姓王的，站住！交出你的同伙来！"

王笑脸回头一看，正是刚才丢手机的那位。所不同的是，他手里正握着一根寒光闪闪的铁棍。

"我不是把口袋翻给你看了吗？"王笑脸说。

"你一定把赃物转移到同伙那里了。不交出你的同伙，我就打扁了你！"那人举着铁棍，直冲王笑脸的门面扑来。

王笑脸"妈呀"一声，抱着脑袋就逃。他想：完了！这家伙认准我是小偷了。要是被捉住，还不被他打得遍体开花呀。心里一害怕，跑起来就快，不一会儿工夫就把那人甩到了后面。

"抓小偷！别放跑了小偷！"那人一边追一边大叫。

尽管喊得歇斯底里，却没有一个人响应。怕拦了道似的，行人纷纷躲闪，为王笑脸让出了一条宽敞的大道。"谢谢！好人啦！"王笑脸一边致谢一边沿着这条无人的大道飞奔，拐了几个胡同，一头扑进一家门脸房里，累得气喘吁吁，再也跑不动了。

"欢迎光临！"

这时，王笑脸忽然听到一个非常礼貌、非常悦耳的声音。他吓了一跳，定睛一看，却是一个年轻的女孩迎面而来，满脸笑开了花，就像他王笑脸一样。

已经很久没见到这副笑脸了！王笑脸顿感亲切，脸上也不由自主地堆满了笑，"姑娘，救救我！有人追打我！"

"我知道！就你这副知错必改的样子，不追打你追打谁？"女孩说，"幸亏你到了本店，不然，你就没法出去了。"

女孩把王笑脸扶到椅子上，仰面躺着，从几只小瓶子里倒出不同的液体，掺在一起细细一搅，再把混合液倒在王笑脸的脸上。不大一会儿，就为他换上了另一种表情。王笑脸对着镜子一看，笑容全没了，呈现在眼前的是一副冷冰冰的面孔，死板着，没有笑意，也不再活泛，就像遇到了讨债人似的。

"放心吧，先生，有了这副面孔，保证你万事大吉。"女孩笑眯眯地说道。"可是，"王笑脸忽然想起了什么，"姑娘，你不也是一副笑脸吗，咋就像没事一样呢？"

"原来你不明白呀！"女孩伸手在自己脸上抠了一下，一张面膜便被撕了下来，露出了本来面目，像讨债人似的，没有一丝笑意，死板着，也不再活泛。"贴上的假面膜是为了招揽顾客，出了门就得撕下来，不然的话，人家不把我当贼打才怪呢！"

"哦，原来是这样！"

王笑脸走出了面膜店，只见四周秩序井然：汽车在马路上呼啸而过，马路两旁的人流急急匆匆。在这个人流里，人人都冷若冰霜，人人都目不斜视，人人都充耳不闻……王笑脸长长地舒了口气，便像一滴水一样悄无声息地汇入人流之中。

出租时代

出租司机王精明认为："出租"这个词儿，真他妈的棒！卖，不如出租；买，也不如出租。比如他的出租车，每天在大街小巷里乱跑，拉人载客，钞票挣回来了，这车还是他王精明的。因此，王精明一见到那些张贴在车站、厕所等地方的出租广告，心里就替人家高兴：小子，你精明！每次打开电脑，他最喜欢的还是浏览网上的出租广告，看看这世上到底有多少比他王精明还精明的人。

没有！王精明很自信。例如，他觉得开自己的出租车，早出晚归，不太划算。你想，既然车都租出去了，人还跟着它瞎跑干吗？不如再租个开车的。他在网上一发布这个信息，马上就有人报名，双方协议公证，对方按月付王精明借租费若干元，还负责车的维修和保养。瞧，王精明当老板了，坐在家里就有进账。请问：别人有这么干的吗？

有了这个经济头脑，王精明便把事业押在"出租"二字上。他把自己的房子全都租给了外地人居住，自己搬进了改造过的厕所里；电视机租给了房客；电冰箱租给了食品店；洗衣机租给了洗衣店；桌椅租给了饭馆……甚至，他的宠物狗也租给一家工厂看门护院，宠物猫又租给一只猫做了情人……

现在，就剩下一家三口了。王精明的儿子刚满周岁。王精明皱着眉头想：养个小东西，花钱不说，还得用人伺候，等于双倍付出。你说，啥都可以出租，就这儿子不能出租——给别人做儿子，这儿子不是白养了吗？不过，他有个乡下表姐，天天在城里卖盗版光盘，经常被警察捉住，罚款不说，还要拘留。一天，表姐来看王精明，向他诉苦说：要是抱个孩子就行了，即使被警察逮着，也很快会放掉。王精明一听，大喜过望："你干吗不早说呀？你把我的儿子抱去不就得了。"表姐也喜出望外，马上同意签订协议：表姐管养管带管看病，每个月还给王精明租用费。从此，表姐抱着孩子在城里打游击，一见警察来了就哭鼻子抹眼泪，说这孩子如何如何。警察果然就手软了，批评几句就放人。

儿子租出去了，王精明又望着老婆发起呆来。你说，儿子都不在家里，她还待在家里干吗？资源浪费！可是，她又懒又笨，又没啥能耐，长得也丑，谁愿意租她呢？王精明打开电脑，在网上寻找了一番，保姆、钟点工、护理……都不合适。正失望时，一个字眼跃入他的眼帘：奶妈！对呀，孩子出租了，那两包奶水就用不上了，白白浪费了岂不可惜，何不把老婆租出去做奶妈？他马上联系，很快就在网上达成了协议。

就这样，一家人也全租出去了，只剩下王精明自己坐在家里点钱。兴奋之余，他也不免要流露一些遗憾：能出租的太少太少了，家小业小，发不了大财呀！这天，是表姐交租金的日子。王精明乘出租车赶到城里，找到表姐经常出没的地方。在一个天桥底下，表姐果然正在兜售光盘，一只手搂着租来的儿子。王精明"嘻嘻"一笑，心里就冒出一个坏主意。他捏着嗓子喊："警察来了！"表姐一听，马上在孩子的屁股蛋上狠狠拧一把，孩子便哇哇地哭起来，声音像刚刚出壳的小公鸭。表姐哭丧地说："警察同志，你不能没收我的光盘。孩子都病成这个样子了……"

"表姐，是我呀。"王精明禁不住哈哈大笑。

表姐一见是他，这才心有余悸地说："吓死我了！你来得正好，这两天孩子正绝食呢，不喝牛奶，要喝人奶，我哪有人奶？"

王精明抱起自己的儿子，"哎哟"一声，心里像刀割一般。这哪像自己的儿子：瘦得皮包骨头，嗓子哑了，头发也乱了，小屁股蛋被拧得红一块紫一块。

王精明沉着脸说:"表姐,我的儿子怎么成了这个样子啊?你要赔偿我的损失!"

表姐争辩道:"你光想出租儿子挣钱,一点代价都不想付呀?"

王精明无言以对。他抱起儿子匆匆赶回家,立即打电话给老婆的雇主,请求退租。

"不行!合同期限还早呢。而且,你的老婆正忙着,根本走不掉。"对方冷冰冰地说。

万般无奈,王精明打开电脑,搜索"奶妈",还真找到了出租奶妈的信息。王精明立即去电联系。虽然比出租自己的老婆要价还高,但看在孩子的面上,他也只好认了。哎哟,怪就怪这位表姐!合同上明明写着,她要负责孩子的吃喝拉撒睡,现在她竟为了对付警察,故意让孩子受饿。这租奶妈的费用啊,我非让她出不可!

王精明焦急地等候奶妈的到来。然而,奶妈迟迟不来,自己的老婆却来了。王精明不满地说:"你怎么回来了?要是让你的雇主知道了,扣了租金,我饶不了你!"

"不是你把我租回来的吗?"老婆哭丧着脸。

"什么?我怎么会租你呢?"

"你哪里知道!我的雇主低价租了许多人去他那里,然后又高价转租出去。我就是被转租回来的。"

"转租?"王精明眼前一亮,然后狠狠地捶了一下自己的脑袋,"好主意!哎哟,我王精明不如呀,怎么就没想到这一招儿呢?"

电话时代

"喂，我是先河广告公司客户部经理尤过之……你好你好……贵公司的产品广告已设计完成，马上就送交媒体……"

"喂，你好！我是先河广告公司，前天传真给您的一份广告协议，请问收到了吗？"

"喂，我是尤过之，请问贵公司付给我们的广告费汇出来没有？"

整个上午，尤过之一共打了二十个电话，全是谈业务的，其中喜多忧少。喜的是，自己与客户的电话沟通能力日臻成熟，达到炉火纯青的地步，每一句话的细节、每一个词汇的语气都能做到恰到好处，既像是谈业务，也像是交流和谈心，尤其是能够在对方犹豫不决的险情下使对方下定合作的决心。这也是其他人难以比拟的地方，不然他怎么会年纪轻轻的就担任客户部经理呢？刚才，他电话咨询了银行，最近两天又有几笔广告费到了账，全是他尤过之的业绩，他能不高兴吗？当然喽，并不是所有客户都想合作，情况各异嘛，但这是正常现象，倒也不至于太"忧"了。

尤过之靠在沙发上，脸上的笑容一直没有消失掉。他想，电话这个玩意儿是谁发明的？真是妙不可言！从来没有见过面的客户，只要几个电话、几张传真，一宗买卖就成交了。这是做梦吗？可银行账户里不断增长的数字可是千真万确的呀！自己做了多年广告，腰缠万贯了，可从来没离开过这张桌子，没放下过这部电话，换言之，就是坐在沙发上挣来的。你瞧，这不是奇迹是什么？

正在这时，手机响了。尤过之一看电话显示，知道是表姐打来的。提起这位表姐，也许人们不会相信：已经二十年没见过面了。但这并不意味着双方关系冷淡，恰恰相反，逢年过节，彼此都要电话问候，平时有什么事，都要互相关照。比如，表姐的小汽车被交警扣了，一个电话打给尤过之，过之便知道了原委，然后自己又是一个电话打到警察局的一个同学那里，车子便还给了表姐。再比如，尤过之想买楼房，一个电话打到表姐那里，表姐又一个电话打到负责楼盘销售的朋友那里，很快一套又便宜又适用的楼房便给准备好了。然后，尤过之一个电话打到礼品公司，预订一份礼物，请他们送给那位朋友。一切就这么简单！既然电话能帮人交流、为人办事，还有亲自出马的必要吗？大家都在忙嘛，有时间躺在家里休息多好！

尤过之拿起手机："喂，是表姐吗？"

"过之，王燕燕那边已经说好了，晚上要去你家与你见面，商量结婚的事。"

"电话里商量不是挺方便的吗？"尤过之不以为然。

"胡说！这么大的事，电话里能说得清吗？再说了，你们都谈大半年恋爱了，连面都没见过。"

"那好吧。"尤过之关了手机，不由得苦笑起来。

表姐说得对，自己与王燕燕都谈大半年了，尽管双方情投意合，但却从来没有见过面。奇怪吗？一点都不奇隆。王燕燕是表姐在电话里介绍给他认识的，双方用传真电话把自己的简历传给对方。当尤过之得知王燕燕在一家专门与电话打交道的咨询公司谋职时，便有三分满意，毕竟是一位志同道合的女孩嘛；在电话交谈中，王燕燕那莺歌燕啭般的声音一传过来，尤过之又有七分满意，声音甜的女孩子，肯定长得也漂亮喽；果然，当王燕燕把她的画像通过彩色传真机传过来后，一个亭亭玉立的女孩形象便呈现在眼前了，尤过之当时就感到十分满意。你想，既然电话能解决一切，还见那个面干什么？

"唉,人能够在电话里谈情说爱,却不能通过电话商量结婚,这也算是一大缺憾吧。"尤过之无奈地摇摇头。

尤过之立即打电话给总经理,请半天假。总经理答应了。

尤过之当即驱车赶回自己的家。表姐已经和王燕燕坐在家里等候着他。一见表姐,尤过之便惊叫起来:"表姐,你变化真大呀,都成老太太了!"

"你不是也变成一个风度翩翩的大小伙子了吗?"表姐笑道,"你只顾和我说话,怎么把燕燕晾在一边啦?"

尤过之这才回过头来,对王燕燕点点头,不好意思地说:"燕燕,你、你好。"

王燕燕也急忙站起身还礼。

"你们好不容易见了面,好好商量结婚的事吧。"表姐说。

可万万没想到,他们彼此对视了半天,竟一句话也说不出来。两人都想开口,就是不知道从何说起。

表姐急了:"害羞啦?过之,你平时在电话里不是挺会甜言蜜语吗?还有燕燕,一位著名的小甜姐,今天怎么都成哑巴了?"

"我也纳闷呢,怎么一张口词就没了?"尤过之迷惑不解地说。

"好,你忘了词,让我来教你。先自我介绍一下,我叫尤过之……"

"我叫尤过之……"尤过之说,还习惯性地把左手捏成拳头往脸上一贴。

"燕燕你说,我叫王燕燕……"

"我叫王燕燕……"王燕燕也习惯性地把左手捏成拳头往脸上一贴。

"我明白了!"表姐掏出尤过之的手机,拨了一串号码,王燕燕的手机便响了。"过去你们都是用电话交流的,今天干脆还用手机说话吧。"

"你好,我是过之……"好像血液里注入了一股神奇的活力,尤过之满肚子的词汇全排起了队。

"你好,我是燕燕……"燕燕也是。

"燕燕,见了你我很高兴,你像照片上一样美。我爱你,我打算在国庆节这天与你完成结婚的最后程序。"

"过之，我听你的。不过我建议在国庆节之前就达成一项正式结婚协议，只要该协议一经合法化，我就提前承担起妻子的责任和义务。"

"太好了！看得出你是一个知情重义的女孩。这本来就是一项互利互惠的合作嘛，我相信你的承诺。"

"好的，祝我们合作愉快……"

"你瞧，这不是谈得很好吗？"表姐笑了，"我已经电话预订了一桌酒菜，去吃饭吧。"

只见尤过之和王燕燕放下手机，紧紧地盯着对方，眼睛瞪得比月亮还大还圆……

汽车时代

汽车时代的爱情——来也匆匆、去也匆匆。城市里突然流行这样的感慨。

不错，城里人都是"汽车族"，差不多每人拥有一部小汽车，好比每人拥有一辆自行车。大家都在发财嘛。有车就有爱情。这不，一辆崭新的"奥拓"一到手，秋子就抖了起来，人一抖起来，就有人忙着给秋子介绍女朋友。

然而，秋子第一次约会，就倒霉在车上。

秋子驾驶着奥拓，早早就动身，往约定的地点出发，谁知一拐进街道就遇到了缓缓流动的车流。过去秋子没有开过车，也就体会不到当司机的滋味，今天算是身临其境了：满大街全部塞满了花花绿绿的小车，与红绿灯的距离似乎还有一公里路远，车子就开始停下来；甚至前方的绿灯亮了几次，车子也难得动动身。为了降低路口的塞车几率，红绿灯转换时间增加到五分钟，这更延长了等候的时间。没办法，谁让如今大家都"阔"了呢？既然阔了，要是不买汽车又怎么能体现出来呢？

有人在大声咒骂着。

既然走不了，只好慢慢等。总不能把汽车变成直升飞机吧。如果它们有这个功能，恐怕天空上充满了汽车相撞的交响曲。

秋子终于赶到了目的地，匆匆跑过去。在一棵美丽的四季青下面，果然站着一个窈窕的美女身影，不过，她是用背对着秋子的。"春子！"秋子喊。他知道这个女孩叫春子。

"哼哼，你让一个女孩在这里等了三个小时，真牛啊！"

"春子，你听我解释！"秋子喊道。可春子却头也不回地走了。

秋子充满悲愤！此时，他唯一的念头就是想喝酒，喝得一醉方休。可现在酒店里根本不卖酒。这是"市规"，因为到酒店用餐的人几乎都开着车。秋子只好趴在方向盘上唉声叹气，直到进入梦乡。

一觉醒来时，秋子的心情突然好起来，特别是一触摸心爱的小汽车，手就发痒。他决定开车去兜风。车买这么久了，还没有痛痛快快地过一回瘾呢。他驾着车，撇开这座城市，加大油门，一直向南、向南……

开了很长很长时间，眼前忽然出现一座陌生的城市，其鳞次栉比的高楼大厦和拥挤的街道与自己的城市毫无二致，唯一不同的是，城市边缘的路口上挂着巨大的标语——

欢迎光临全球唯一不塞车的城市——桃花源市。

我们的目标：把街道变成"停车场"，让汽车成为"货币"！

停车场？货币？秋子正在纳闷，却见一个女孩朝他招招手，拉开车门钻了进来。"是你？春子！"

"意外吗？我是刚刚下的飞机。"春子哈哈大笑。"走，先把车开到'外地车辆寄存处'去。"

"外地车辆寄存处？为什么要开到那里去？"

"看来你还不明白。本市独到之处就在于所有小汽车都配备着通用的智能钥匙，可以打开任何一辆小车。"

"有这种事吗？"秋子感到迷惑不解。

秋子寄存了自己的"奥拓"，领来一辆自己喜欢的汽车。春子把握着方向盘，把车开进城市的主干道。只见车流虽缓，却从没有停下来过，而车道两边的"人行道"——这里称作停车道——上，停着无数的小汽车。

"本市的所有路口都建有立交桥，同时不允许汽车左拐弯，所以才不会出现塞车的现象。"春子介绍说。

"难怪这里的街道被称作'停车场'，不愧是流动的停车场啊。可是，如果我想拐到别的地方去办事，怎么办？"

"好吧，你说你想去哪里？"

"喏，就是路口左前方一公里处的地方，那里好像有一个大商场。"

"好的。"春子立即把车开到道路右边的"停车道"上，然后下车拉着秋子的手通过地下通路，来到通往大商场的路口，这里的"停车道"也停着无数各种颜色的小汽车——全是像他们一样想到别的地方去或就近办事的人留下来的。春子掏出钥匙打开其中一辆红色小车，两人钻了进去，继续往前开去。

"在桃花源市，只要你拥有智能钥匙，每一辆小汽车都可以自由乘坐，你不管在哪个位置，都可以在最近的地方找到小汽车。"

"怪不得汽车被称作可以流通的'货币'呢。可我还是有一点不明白，残缺的货币由银行来回收，而小汽车这张'货币'一旦损坏了，又该如何处置呢？"

"问得好。这里的小汽车一旦报废了，或损坏了，自然由政府交通部门负责收回并销毁。不过你放心，你手上的智能钥匙的有效期只有十年，也就是说，十年后你必须重新向交通部门再付一部车的款，重新登记，否则你就失去了开车的资格。"

"这么说，连购车也不用个人操心了。这倒省心啊。"秋子笑道。

秋子和春子一边聊着天，一边随心所欲地逛完了该市的所有著名的景点。两人谈得很投机，春子甚至还主动挽起了秋子的手……

天晚了，春子说声"再见"走了。余兴未尽的秋子把汽车开到"外地车辆寄存处"换回自己的"奥拓"。

秋子发动"奥拓"，忽然找不到自己的城市方向了。他急忙打开随身携带的旅游地图查看，却怎么也找不到"桃花源市"。

秋子急得心跳加快。他记得有一个"世界城市网站"，便打开笔记本电脑，上网，输入"桃花源"三字，回车，显示屏上出现了一个红色"！"，接着是这样一行文字——

该城市在地球上不存在！

电器时代

阿器是那种遵循生活规律的人，尽管枯燥，却不厌其烦。毕竟，许多人已适应了这种按部就班的生活轨迹。

你瞧，天还没亮，阿器就起床了，是被闹钟吵醒的。在梦中，她时常呻吟，按科学的说法，是白天留在心底里的劳累催生的。不过，醒来后，睁眼一看，心情就奇迹般地好起来。因为她看到了满屋子的电器：对面是宽屏幕数字电视，电视下面是DVD，背后是立体声音响，床边是智能梳妆台，窗下还有一台电脑，头顶上有中央空调，地上有电暖器，就连床底下，还铺着调温毯呢。这些都是她生活中的伴侣和宝贝，一见到它们，就感觉心里充实多了。这时，她要做的第一件事就是伸手扭开音响，和着曼妙的音乐起床了，先上卫生间洗脸漱口，然后坐在客厅里喝牛奶。牛奶是从电冰箱里拿出来的。有时，她不想喝牛奶，想喝豆汁，就打开豆浆机榨汁。

吃了早点，再把换洗的衣服扔进自动洗衣机。抬头看一眼墙上的电子钟，该出发了，便收拾好手机，穿上外衣走出防盗门，踏上了电梯。

走在大街上，满大街全是电器。那花花绿绿川流不息的大小汽车，难道不是一辆辆会走的电器吗？每个交叉路口都装着电子眼，电子眼旁边是红黄绿灯，变压器和程控仪散布在不显眼的角落里，电子板挂在所有人多的地方，人行道上一辆辆电动自行车快速驶过。阿器登上了公共汽车，一抬眼又看到了移动电视正在播放MTV，许多乘客的耳朵上挂着耳机。

半个小时后，阿器走进了电器厂，绕行在电焊机、电接器、电瓶、电锯、电刨、电动起降机……中间，穿过正在组装的抽油烟机、电锅炉、电子收款机、柜员机、电吹风、电熨斗、验钞机……的车间，来到她的办公室。她的办公设备是一台电脑，还有打印机、保密箱、报警器、碎纸机、传真机……

徜徉在电器的世界里，天天与电器打交道，阿器突然想到：人是多么伟大啊！电器不是五花八门、功能齐全吗？它渗透在生活的每一个领域，让它们干什么就干什么，全心全意地为人类服务，似乎比人更聪明、更能干、更忠诚、更尽职；可惜，它们没有思想，没有意志，没有人格，被人类牢牢控制在自己手里，它们的能耐再高，也只能是人类的奴隶罢了。瞧，生活在电器时代里，你大概不会有什么不满足的吧？

一想到这里，阿器对工作更积极了，生活也更有滋有味了。

忽然有一天，突然停电了。这是很少有的现象，而且还要停好几天。是啊，电器太多了，发电机们不堪重负啊，只得分片拉闸限电。阿器是下班后才知道这一片停电的，只好爬上十六层自己的家，累得头昏眼花，中途歇了好几次。进了家门，她习惯性地扭开音响，却发不出任何声音，这才想起停电，一股寂寞感顿时袭上心头。每天晚上，她都要喝点冰镇红酒。然而，这个记录被打破了，她忽然又产生了断炊的感觉。她从洗衣机里掏出衣服，打算亲手搓洗，然而，衣服太沉了，揉了几下就再也揉不动了。本来她想到大街上去购物，一想到还要走上走下，只好放弃了这个念头。

乱了！一切都乱了！电视剧没法收看，网上游戏没法进行，电视机像一堆废铁，空调也放不出一点凉气，洗澡池流不出一滴热水……孤独、寂寞、恐惧、饥饿、烦躁一齐袭来，她尝到了被抛弃的痛苦、失却依托的无奈，仿佛被囚禁了起来。

阿器蜷曲在床的角落，抱着枕头，怎么也睡不着觉。没有规律的生活，没有秩序的起居，对她来说都是一场灾难。她眼睁睁地看着窗外的繁星，希望从那里找到一丝安抚。虽然她好不容易眯了一觉，不久又被一场噩梦惊醒。窗外一片黑暗。一股从头到脚漫过的恐惧感，令她尖叫起来。她呆呆地靠在墙上，连脸上的汗水都不敢擦，睁大双眼，浑身哆嗦成一团。

熬到天亮时，阿器精神倦怠，昏昏沉沉，像害了一场大病。渴，出奇的渴！可一点儿开水也找不着。牛奶也似乎变了味儿。她失望地走出了房间，摸摸索索地走下楼梯，来到大街。牛奶店里，早已排起了长长的队伍，看那蠕动的节奏，起码得一个小时才能轮得上自己。阿器放弃了，去早点店，打算喝点汤，可那里也挤满了人，广告板上写着"暂缺稍候"的告示。不知还要等到何时，而且人也不断从四方涌来。阿器的头都要爆炸了！她抑制不住哀叫着，抱着脑袋蹲下来，感到体内的神经系统正在剧烈战栗……

"阿器，你这个混蛋！"阿器忽然一跃而起，疯狂地吼叫起来，吓得众人提心吊胆。

"哈哈……"阿器又仰头狂笑起来。

"又有一个女孩儿崩溃了，这个时代！"有人叹息说。

"阿器，你这个混蛋！"阿器依然在吼叫。没有人敢近前。

突然，有一个女孩儿行色匆匆地奔过来，照阿器的脸就是一巴掌，骂道："现眼的东西！我才好，你又犯病了。"

阿器立刻老实了许多，乖乖地歪在那女孩儿身上。人们发现，这两个女孩儿长得真像啊，简直就是一个模子铸出来的。

"你们是双胞胎吗？"有人问。

"不，她是我的机器人。"女孩儿说，"最近我去乡下疗养了，把她留在家里为我代劳。听说这里停电，我便匆匆赶回来。果然，阿器不行了。"

这时，女孩儿掀开阿器的头发，从那里取下了一对电池……

数字时代

世界真安静呀！尽管同事们近在咫尺，却听不到人的说话声。大家在自己的办公桌前，面对着五彩缤纷的电脑屏幕，聚精会神地"挖掘"宝藏……

九点钟，T07 准时到达公司，按了一下电子报到器，便走进自己的工作间。电脑终端已经启动，他看见了办公室主任发来的工作指令。交给 T07 的任务就是搜集上个世纪世界各地的特定情报，并进行分析、归纳，交出内容提要。T07输入相关文字和数据，点击搜索，浩如烟海的信息资源便滚滚而来，令人目不暇接。再输入更详细的文字和数据，那么他需要的情报便自动分类，内容也更加翔实。同时，他还用几十种世界文字进行搜索，又找到了各国的原始资料。瞧，刚到休息时间，他就完成了今天的初步工作，下一步就是整理成文了。

吃着中午按时送来的工作快餐，T07 禁不住感慨起来。数字时代真是妙不可言啊。世界都数字化了，工作数字化了，就连生活也数字化了，数字把世界每一个角落都连在一起。数字还代替了人的双腿、双手，甚至大脑，人们不挪窝儿，就能看到他想看的东西，得到他想得到的一切。一切都由电脑完成，人所要做的，就是做做电脑的帮手而已。这还不神奇吗？比如说，他今天干的这项工作，据老一辈人讲，人们在接受任务之后，首先就是去泡图书馆，从堆积如山的书籍里翻阅资料，把重要的内容复印下来，再整理出成品。就像自己半天的工作量，他们也许要耗费数周甚至几个月的时间。烦不烦啊！

饭毕，T07 放弃休息，打算去非洲旅游，再看一眼埃及的金字塔和狮身人面像。便戴上头盔，通过数据手套操作，进入电脑里的"人工现实"。这虽然是一个虚拟场景，但却是真实世界的复制品，人可以在这个三维空间里走动、飞行、回顾，更重要的是，你所看到的一切会随着视点的变化即时改变，现场的动感性极强。T07 身临其境般慢慢欣赏这个数千年前古代埃及人留下的世界奇迹，再一次为它们的庞大和未解之谜而兴叹。

正在这时，T07 的上网手机闪起了红色的提示灯。打开一看，是母亲发来的信息："儿子，妈想去你那里。"

T07 赶紧回复："妈妈，咱们昨天晚上不是已经见过面了吗？"

"孩子，妈已经老了，想见一见真实的你，亲手抚摸一下我几十年未曾碰过的儿子，亲耳听一听几十年未曾听过的儿子的声音。我知道你很忙，但我已经出发了，马上就可以到达你的家。"

T07 回答说："好吧。"便摇摇头，感到母亲真是多此一举。

其实，T07 绝不是一个不孝之子。每个周末，他都会和母亲见一面，小叙一会儿，他向母亲问候几天来的身体和心情状况。当然不是用电话问候——这个信息时代初期的宠物已经过时了，而是在另一个"人工现实"里聚会。这个"人工现实"多半是母亲的家，那里的每一个房间，每一个角落，都由他去自由走动；还有母亲的模拟像——这个模拟像每周都可以更新一次，以便看到更接近真实的母亲。当然在母亲的电脑终端里，自己的模拟像也是每周更新的。他走近母亲，和母亲聊天，他们彼此的标准声音通过电脑的语言识别装置转化为数据，传输给对方的电脑，然后再转化成普通话。有时，他还带着母亲走进酒吧去喝饮料，去高尔夫球场打球，或去爬山。这些地方都是依据真实的场景模拟下来的。尽管二十多年未见面了，他却可以随时陪在母亲身边。可母亲还是不满足，居然想亲手抚摸一下真实的儿子！母亲啊母亲，你真是老了！

T07随即向家庭服务器发出指令，让数字空调将室温调节到适宜的温度，让电灯照亮整个房间，数字音响响起柔和的音乐声，数字微波炉开始热饮料；还向电子门锁输入识别密码，一旦母亲光临，门马上自动开启；同时启动安全监控设备，数码摄像机也同时运作，以备发生意外。

　　做完了这一切，T07通过网络向上司打了个请假报告。在得到绿色信号后，他匆匆赶回了家。他见到了白发苍苍的老母亲。这是一个跟显示屏里见到的相差无几的老太太，只是比电脑里更真实一些。母亲也正注视着他，脸上的皱纹突然动起来，眼眶里闪动着晶莹的泪光，轻呼一声："儿子！"伸手拥抱过来。

　　可是，T07喊了一声"妈妈"，再也说不出什么了。他的眼眶发涩，却流不出一滴泪水；喉咙哽咽，却发不出一句声音。许久，他才哭出声来：

　　"哇——！哇——！"

　　母亲吓了一跳。母亲松开手，端详着他，问："儿子，这是你刚出生时的哭声，你怎么啦？"T07面无表情。许久，他一把将母亲拉到电脑跟前，在那上面输入一行文字：妈妈，见到您我很高兴，也很难过！可我表达不出来，我不会哭了，也不会笑了。

网络时代

网络专家王路儿，少时家境贫寒，初中毕业便失学，幸遇网络时代，置一台电脑，插一根电话线，重新踏上求学路。他免费读了五年网络大学，先后学了网络、文秘、公共关系三个专业。三年获专业文凭，五年获硕士证书。他的事迹在网上广为传播，轰动了网络世界。

某网络公司慕其大名，发了电子聘书邀王路儿加盟，任网刊编辑兼网络策划师，不必挤公共汽车坐班，待在家里上网即可。工资按月汇入网上银行的个人账户。网上购物日新月异，大凡吃穿用品，点击网络分类市场，各种款式规格一目了然，相中其一，发出购物指令，随即发货，网上结算，就如亲临超级市场一般。你瞧，地球变得多么狭小，坐在十平方米的小屋里，整个世界归你操纵。

王路儿就是这样一个网络时代的佼佼者，也是众多网迷追逐的目标。每次上网，我都情不自禁地点击王路儿的个人网页。看见照片上那一张白净富态的脸，和闪光的眼神，我都禁不住怦然心动；翻阅王路儿的最新信息，为他的每一次成就感到钦佩。可以说，是他引领我走进了网络时代。很快，我就与他交上了网友，虽然是他的606号，却是我的001号。每次开机，我都呼叫001，001也马上回复，并且和我聊得热火朝天。看来，我已经从他的网友中脱颖而出了。他的语言是那么风趣幽默，网络术语用得炉火纯青，时常把我逗得哈哈大笑。他还熟知女孩的心思，投我所好，再大的疙瘩也能被他迎刃而解。因此，我把他视为知音，主动要求和他同居。于是，我们便在网上筑起了"爱巢"，由他设计一栋高雅别致的卧室，里面有双人床，有被褥，有我们的模拟形象；床边有衣柜、电视机和冰箱。领了"结婚证"之后，我们以老公老婆相称。每天晚上，我们准时回到了"家"，就像真的一样。他送我爱称"软人儿"，我送他爱称"硬汉子"。最近，我们还养了一个儿子，取名"小人儿"。

网络就这样能让一对没见过面的男女从相识到相爱，并且组成一个圆满的家庭，体验到结婚的滋味，这难道还不新奇吗？一天，我的心脏突然狂跳起来，因为我产生了和王路儿做真夫妻的念头。他有渊博的知识，会哄人高兴，还能操持家务，收入也不错，是我的理想人选。其实，在我心里一直把他当作真老公，我向他撒娇，向他哭泣，向他欢笑，把自己的心思都向他敞开。除了恩爱夫妻，谁能做得到这些呢？我也知道这是虚拟的，可是一旦把虚拟世界转化为真实，轻车熟路，不用打磨，如同试过婚，岂不比初婚要稳妥……

好不容易找到了王路儿的家，敲了半天门，才迎出一个人来，脸色麻木，目光呆滞，头发蓬乱，衣服不整，精神萎靡，一点儿也不像照片上的那个样子，也不是我想象中的那个人。他无神地看着我，等我开口。

"你是……王路儿先生吗？"我心里没把握。

"网名'老子一直向前'。"

"嘻嘻，对对。我是……你的网友，606号。"

"网友？"王路儿艰难地闪了一下眼睛，"我的网友在网上，你怎么出来了？"

"哈哈，你依然这么幽默！我今天……是路过这里，顺便来看看。"我伸出手说。

"噢，欢迎欢迎，"王路儿轻轻握起我的手，我感到他的食指在我的手背上轻轻地弹了弹，便低头看看。

"对不起对不起。"王路儿也意识到了，赶紧松开了手，"习惯了，不管握什么都禁不住弹几下。"

坐在王路儿对面，我和他对视着，不知说什么。王路儿却突然伸出一只指头，在我的脑袋周围画着圆圈儿，"嘿嘿"地笑起来。

"什么？"我不解地站起来。

"你的脑袋像个a，画个圈儿就是。"

"妈呀！"我轰然摔到椅子上，倒抽一口凉气。

我有点反胃。我仔细看了看王路儿，再一次不敢相信自己的眼睛，心里一遍又一遍地问自己："这个举止怪异而又邋里邋遢的家伙就是王路儿、网络专家、我的崇拜对象、网友兼老公'硬汉子'？"

"我很忙，"王路儿扭头看了看红灯闪烁的电脑，"你只能待五分钟。"

"今天是星期天，你还忙什么呢？"我问道。

"唉，除了八小时工作，八小时休息，我都得应酬。你没看见那么多的网友在呼叫我吗？特别是一到双休日，我的网友们都发来了信息，我要一一回复，还要挑几个重点网友交流。每天一到晚上，我还要回到爱巢，和老婆相聚。"

"是吗？其实、其实，我就是你的'老婆'——软人儿。"我红着脸，不好意思地说。

"什么，你是软人儿？"王路儿的脸色骤变，不过不是惊喜，而是愤怒，"你怎么不上网，跑到这儿来了？害得我呼叫了半天也不见动静。小人儿正饿得嗷嗷待哺呢，你怎么也不着急？"

"你嚷嚷什么！"我霍然起立，忍无可忍了，"人家是来看望你，你怎么好意思发火？我还打算向你求婚呢，真不该来！"

"求婚？"王路儿眨巴着眼睛，"奇怪，咱们不是已经结婚了吗？"

"你牛什么，连虚拟与现实都没区别开来。"我冷笑道。

"那你有什么要求，都可以在网上提出来呀！犯得着大老远跑来，耽误别人的宝贵时间？你是不是脑子出了问题？你这种人怎么能指望……"

"喂，到底谁的脑子出了问题？"我反唇相讥。

"你走吧，有话请在网上说。这里不欢迎你！"

我被强行赶了出来,身后随即响起"咚"的一声。我听见王路儿不耐烦地嘟囔了一句:"神经病!"

我难过极了,眼里挂满了泪花。回到家里,我立即拔掉电线,把电脑送进了旧货市场。

明星时代

　　说出来也许你不信，像我这样百无一长的人竟然也成了"明星"。
　　我们单位准备参加全系统明星大会。在这之前，必须评选本单位的明星若干名。其实，不用评选，谁是明星大家已心中有数。平时，喜欢追星的员工们没事时就爱挑选本单位的明星，这些"星"虽然不是正式的，但也算是明星候选人吧。如果得到领导的最后拍板，不就是堂而皇之的明星了吗？
　　如此一来，本单位的明星顺利产生。阿花因为在一次卡拉OK演唱会上唱过一首流行歌曲，赢得满堂喝彩，成了"歌星"；阿草因为在一部内部电视片中做过群众演员，成了"影星"；阿苗因为跳舞跳得好，成了"舞星"；阿叶因为在本单位长得最漂亮，成了"美星"；阿枝因为身体长得单薄，成了"苗条星"；阿猫因为喜欢看足球，成了"球星"；阿狗因为发表过小通讯数则，成了"文曲星"；阿狼因为在女孩心中比较帅气，成了"帅星"；阿牛因为长得魁梧，成了"大个子星"……另外，从长相上分，还有"胖星"、"瘦星"、"老星"、"少星"；从技能上分，还有"社交星"、"电话星"、"秘书星"、"电脑星"、"制作星"、"打字星"……
　　人人都有一技之长，所以几乎都成了明星。大家欣喜若狂，载歌载舞，共同欢庆荣誉的到来。只有我一个例外，因为大家都成了"星"，而我什么也不是。在人们的欢笑声中，我紧张极了，难过极了，惭愧极了，想死极了。这时，终于有人发现了我的可怜相，替我主持公道：

"阿兔，还有阿兔没有评上。"

会场立即静了下来。单位领导收起笑脸问我："阿兔，你有什么特长？"

我低下头说："我有的特长，别人也都有，算不了什么。"

"那你的身体各个部位都有哪些与众不同的特征？"

我红着脸说："我倒霉就倒在连长相也平平常常上。看来我不是当明星的料。"

"那就算了，"领导毕竟是领导，会安慰人，"总不能人人都当明星吧？也应该有群众嘛。你先发扬一下风格，下次还有机会，啊？下次。"

就这样，我带着遗憾和单位的明星们一起去参加全系统的明星大会。

因为我们单位较远，所以赶到会场时差点迟到。这时，会场上早已挤满了来自其他单位的人们，大家吵吵嚷嚷像一锅热粥。原来，明星席设在主席台上，那里太小了，根本容纳不下太多的明星，有人坐下去了，更多的人则站着身子，许多明星举手抗议。系统领导闻讯匆匆赶来，眼睛一扫就找到了问题的症结。这系统领导不愧是系统领导，只见他微微一笑，把主席台上写着"明星席"的牌子搞掉，将台下写着"群众席"的牌子换下来。这样，原来的群众席就成了明星席。明星们一见，纷纷拥到台下找座位，果然座位绰绰有余。

明星的席位解决了，剩下的群众席却不好处理。其实，群众只有三个，一个我，还有另外一男一女。我们三个群众没有资格坐明星席，而主席台又是领导坐的地方，怎么办？我们只好诚惶诚恐地站在主席台旁，等待领导的最后裁决。"你们，是不是也要走下台去？"系统领导慈祥地下起了逐客令。

话音未落，台下便沸腾起来，"不行，我们都是明星，我们不要冒牌货。"

"这怎么能行？"系统领导的脸色立即难看了，说话带着鼻音，"连明星们都坐到下面去了，你们三个群众反而和领导平起平坐？这太不像话！"

系统领导背着手走到我们面前，眼睛盯着那个女人道："这样吧，你尽管看上去并不美，倒也长得丰满，女人味十足。现在我封你为'女人星'。"

女人一听，歇斯底里地叫一声，举起双手朝台下奔去。

系统领导又盯着那个男人，沉吟了半天，命令他坐下、起立、立正、齐步走，然后笑道："我见你站似松，坐如钟，行像风，有点男子汉气概，就封你为'男人星'吧。"

男人兴奋得手舞足蹈，还没来得及欢呼就"嗖"的一声跳到台下，找个座位坐下来。

现在只剩下我了。系统领导皱着眉头盯着我，摇着头半天没有说上话。而我的脸色早就红成了鸡冠子。

"年轻人，我看你样子傻不拉几的，没有一点活分，就封你一个'傻星'如何？"系统领导用征询的口吻问我。

这时台下有人站起来，瓮声瓮气地说："他傻，还能比我更傻吗？我总是管爷爷叫爹爹，爷、爹不分。我才是'傻星'呐！"

"那么，我看你长得五官不正，再封你一个'丑星'吧？"

台下又有人接口了："领导，我才是'丑星'呢！没见我的眼珠都长到眉毛上面去了吗？"

"'傻星'有了，'丑星'也有了，怎么办？我见你窝窝囊囊的一副哭相，就封你一个'窝囊星'？"

"不行！他没有我窝囊。"台下有人站起来抗议，"我爹死娘嫁人，老婆跟了别人，孩子管他人叫爹，难道还不窝囊吗？"系统领导的脸色越发难看了，狠狠地瞪着我说："你这个人，专给领导出难题！你怎么就一点突出的地方都找不到呢？"

"领导，我也不是故意的呀。谁让我太平庸太无能了呢。"我垂头丧气地说。"有了！"系统领导哈哈大笑，"真是得来全不费工夫呀。从今之后你就是'无能星'了。下去吧。"

就这样，我也成了明星！我们皆大欢喜，我们放声高唱，我们在欢唱声中聆听系统领导发表重要讲话——

我们已进入了一个明星璀璨的时代……

广告时代

　　老鳖头每次去厕所时，总会在丁字路口上遇到散发广告的。

　　老鳖头习惯早上拉大便，偏偏记性差，十有八九忘了拿卫生纸。平时，他反感这些乱发广告的人，心想我又不学电脑，我又不买楼房，我又不吃壮阳药，发我这个干啥？就摇摇头，不屑一顾。自从丁字路口上新出现了一位散发广告的人，并在每天早上心有灵犀地分他一张传单，从而解决了他的燃眉之急后，老鳖头便改变了对广告的看法。

　　于是，每天早上，老鳖头起床后就悠闲地往厕所上走，故意走到散发广告的人跟前，大大方方地伸手接过那人递来的一张纸，并听取了一声"谢谢"的话，尔后含笑地朝目的地走去。

　　然而，聪明人也有失误的时候。这天，老鳖头一下床就感到肚子里一阵揪痛，接着就咕咕噜噜地闹开了。老鳖头提起裤子，急冲冲地往厕所赶，路过丁字路口时，迫不及待地伸出了手："快给我一张。"谁知发广告的人朝老鳖头打量了一眼，嘿嘿笑起来："我发了无数广告，只见过不愿要的，没见过主动讨的。老哥，是屎到门口上了吧？这纸不能给，万一你做了手纸，或当废纸卖了，我岂不落人耻笑！"

　　"你……"老鳖头性起，但又觉得亏理，不得不住口。由于内急，干瞪几下眼只得往厕所跑。本想出厕后找那人算账，待一阵宣泄后，肚子一阵轻松，脑子一闪，竟有新主意了。

老鳖头属于那种无业人员，找了无数工作都碰了灰，已经心灰意冷。"要是当废纸卖了……"对呀！听收破烂的说，现今废纸收购价又上浮了呀，而像这些十六开的广告纸，干干净净的，可以生产再生纸，符合环保要求，收购价尤其高，据说已经达到每公斤八角。一公斤八角，十公斤八元，一天整个二十来公斤，可不就相当于找到了一份可心可力的工作吗？

老鳖头为自己的意外所得兴奋不已，当即就开始实验。

又老又丑的老鳖头顺着马路昂首挺胸地走。路口上，站牌前，天桥下，地下通道边，发广告的姑娘小伙子们厚着脸皮往行人手里塞着五颜六色的花纸，多数行人绕道而过，但老鳖头不，专门往他们跟前凑。姑娘小伙子们见这小老头儿态度随和，纷纷找上前来，有的干脆多塞几张。十里长街不知不觉走到了尽头，老鳖头掂了掂广告纸，两三公斤分量不成问题。

老鳖头往回走时，如法炮制，又收获了两三公斤废纸……

第二天，老鳖头推出多年来未用的旧自行车，在车座上装了一个大大的竹篓，开始在大街小巷上转圈子，每当骑到有散发广告的地方，就故意减速，好让对方把广告纸卷成喇叭往他的竹篓里扔。走了一段路，老鳖头就停下车子，把竹篓里的纸收起来，装进车把前挂好的布袋里。有时，散发广告的人为了图省事，把一摞广告纸挂在汽车站牌上，其意是想让候车人自动抽取一张，但老鳖头却毫不客气，一把尽收囊中。整个上午，老鳖头仅仅路过很少的街道，但回到家里一经过称，废纸多达三十公斤。也就是说，半天时间他就可以收入二十四元人民币。

老鳖头激动得热血沸腾。有了这份工作，他就可以穿西装，喝啤酒，家也像个家了。人们发现，老鳖头脸上常常露出成功人士的那种微笑，嘴里还哼起小曲。

一晃半年过去了，老鳖头的荷包明显鼓起来了，肚子也发了福，身子开始有点酥软，人变得有些惰性。这日，老鳖头喝完了小酒，四肢朝天地压在沙发上，顺手抓起一张废纸，眯眼一看，是一则招生广告，上写：……有意者请速携足款到×街×号来报到，本人全天恭候。

老鳖头不看则已，一看就愤愤不平起来：好小子，你坐在家里就有人送钱来，比我老鳖头强啊。不行！想我鳖某人也是个有钱人了，岂可永做苦力夫？天下老板宁有种乎？于是，老鳖头也印制了广告若干份，花钱雇人散发。上写：大量高价收购干净原样广告废纸，每公斤四角，有意者请携货送到×街×胡同老鳖头处收。

自做老板的老鳖头正坐在家里等货上门，不想会闯进一伙人，不由分说，先给他一只扫堂腿，再给他一顿五味俱全的满汉全席，打得他久久趴在地上直喊"死不瞑目"。

"怪不得最近我们的广告效应远远不如从前了，原来是你这样的人在捣鬼。老丑鬼，这下子你该放心地去死了吧。"

老鳖头从地上爬起来，一边抹嘴边的血污一边说："值！值！打得值！不然我哪知道干我这一行的是不能做广告的啊……"

短信时代

我的女友小瓶子说我是个没长眼色的家伙,该献殷勤的时候,人不知死到哪里去了,不该献殷勤的时候,却把电话打了过去。其实,这也不全怪我。平时工作忙,难得相见一次,只能靠电话联络。可打电话也是瞅空儿,上班时间不许打,只能在休息时间打,这时十有八九又找不到她。晚上用公用电话打到她家里去,她又烦。因为我们的恋爱还处在地下阶段,弄不好打草惊蛇,惹得父母生气,所以说的话也不着边际,三言两语就挂上了。

后来,在我的赞助下,小瓶子买了一部手机,给她打电话可就方便多了。一瞅老板不在,我就悄悄打她的手机:"小瓶子,吃了吗?""吃了。你呢?""也吃了……""喂,你有什么话就快点说呀,这可是双向收费。"我本就口吃,一着急,更说不出来了,只好说:"没事,挂上吧。""天啦,你就不能说点别的吗?"

听到那一声怪嗔,我的脸刷地红了。我很想说"我爱你",我很想说"我想你",可我笨嘴拙舌开不了口,特别是有同事在身边,我更不好意思说了。于是,女友又骂我是个没长脑子的家伙。

我预感到我们的头顶上正挂着一盏大红灯!

不久,我便有了情敌。那家伙比我帅,比我会说,还比我富有——居然也有了一部手机。他随心所欲地用手机与小瓶子勾勾搭搭,花言巧语讨小瓶子高兴。小瓶子也与他聊得忘乎所以，一点儿也不嫌双向收费，直到手机没电了才说"拜拜"。就这样，小瓶子便从我的视线里消失了。

唉，谁让我缺少竞争力呢？我决定再也不找女朋友了，集中精力上班，拼命挣钱。有了钱，第一件事就是买一部手机。

这下子可热闹了！一不小心，手机就响起来，十有八九是短信，还有一次是误打。"那家伙长得像短信，走着走就发了。你想知道他是谁吗？请拨打……"这是声讯台在做生意呐，删了！"乔丹和姚明打起来了！想知道更多的体育新闻，请注册新闻随身看。"这是广告，删了！"想和一个年轻的富婆见面吗？请直接与本号码联系。"骗人的，删了！"我他妈与你联系，你他妈爱理不理；我他妈心急如焚，你他妈笑笑嘻嘻；我他妈跳楼自杀，你他妈才来信息；我他妈刚好落地，你他妈回心转意。"哈哈，有意思！这是恶作剧，编得好，留着……

就这样，天天收到短信息，想不看都不行！万一是哪位女同事看上了我，约我出去见面呢？不过，短信收多了，我也茅塞顿开，反正闲着也是闲着，何不也发发短信解解闷儿，又不是不会汉语拼音。我把那条"我他妈"的短信调出来，转发出去，发谁呢？管他是谁，也瞎按！伸开大拇指，嘀嘀嘀……一口气按下十一个数字，还真他妈发送成功了。

一天两天，没有回信。那家伙肯定生气了，不屑理我。你不理，我还发！我坏坏地想。给你说声对不起还不中吗？"如果你从此不看短信了，你就不用接受我的道歉；你有可能永远不看短信吗？所以，请接受我的道歉。"

一天两天，还是没有回信。那家伙一定是接受了我的道歉。既然不再生气了，那我还接着发，看你把我怎么着；一角钱一条，又不是发不起。

于是，上班前，我按了一行字发出去："早睡早起身体棒，多喝牛奶少吃糖。↑↓"中午休息，我又按了一则短信："同快乐和健康相比，金钱和名望都是粪土。:)"下雨前，我发："别淋着，宝贝！回去要喝姜汤。"周末了，我还发："用一分钟想想快乐，用一小时蹦蹦跳跳，用一天陪陪父母，用一生关心最爱的人。"

发了一个月，花去了我的百元话费，像打了一串水漂漂，无声无息。正打算换号码故伎重演，手机异乎寻常地响起来了，是短信："呆子，你跳楼自杀没摔死呀。"妈呀！终于感动了人家，开了金口。一定是位小姐，因为只有女孩儿才喊自己的男朋友是"呆子"。好兆头！

我赶紧回："因为收到了你的短信，我又活回来了。"

"贫嘴！最近过得怎么样？"

"还好，就是太想你了。"

"我原谅你了！明天在金业路超市后面的大榕树下等我。"

哇！我就要与信友见面了。好爽！好晕！好心跳！好想死！一夜未合眼。第二天，我打扮得光光鲜鲜，准时去了。又怕对方是个骗子，抢我的手机，就东张西望盼个熟人暗中保护我。心想事成！哇，那不是前女友小瓶子吗？多日不见，越发好看了。对了，把她叫过来，一来做做临时保镖，二来让她明白，我大罐子也会谈朋友啦！

"小瓶子，你来得正好！我和女朋友约会，你来参谋一下。"

"哇，好新鲜耶！你居然也有女朋友。她在哪里？"小瓶子挖苦说。

"喏，就在那棵大榕树下，一会儿就到。"

"什么？"小瓶子大吃一惊，"大罐子，你的手机号码是多少？"

"不知道吧！13456789……"

小瓶子掏出自己的手机一检查，"啊"了一声，嘴巴张得像"O"，"天啦，

你好卑鄙，冒充我的男朋友！"

"莫名其妙，你连男朋友的手机号码都不知道吗？"

"他一个月前得罪了我，我发誓不再理他，拒收他的电话。收到这些短信，我还以为他换了新号码呢。没想到让你占了个大便宜。"小瓶子撅着嘴说。

"哈哈，太神奇了。我随便按了一串号码，只觉得眼熟，也没想到会是你的。小瓶子，这可是缘分呀！"我欣喜若狂。

"大罐子,你平时不是挺嘴笨的吗?怎么这样会体贴人呢!"小瓶子还是不相信。

"可我没用嘴,我用的是手呀。我的手可不笨!"

"好倒霉呀!我怎么就甩不掉你呢?"小瓶子一头扑到我怀里。

寂寞时代

王积木突然患了一种怪病：双手间歇性痉挛，手掌阵阵痒痛，就像捧着一把咬人的小虫子。开始，人们以为是帕金森综合症，但考虑到他的年龄，又将这种推断否定了。

王积木是一位高级白领。早上，一觉醒来，他就匆匆去上班，坐在一台电脑显示器跟前，从网上搜索资料是他的日常工作。下班了，又匆匆赶回家；吃了晚餐，同网友交流一会儿，然后睡觉。——这就是王积木的一天！平平常常，周而复始。然而，怪病偏偏找上门来了……

王积木只得去看医生。医生对他进行了仔细诊断之后，冲他微微一笑，伸出双手紧紧地抓住王积木的手，使劲地握，使劲地摇，然后问："你是否感觉好受一些？"

刚才还莫名其妙的王积木笑逐颜开，连声道："是！是强多了！"

"你患了一种新型交际病——皮肤寂寞症。请问你有朋友吗？"

"有！有！"王积木回答。他想，自己的网友成百上千，谁说网友就不是朋友呢？

"好！你不用打针、不用吃药，只要坚持每天同人握手片刻，久而久之，症状自除。"

王积木恍然大悟。是啊，自己活了几十年，却从来没有与人握过一次手。特别是走向社会以后，尽管每天在他的眼前晃动着那么多的人影，在他的耳边响满了嘈杂的人声,却总是与人擦肩而过。他戏称自己是一个"与世隔绝"的人:出行时,坐在小汽车里,与路人隔绝;上班时,坐在自己的工作间里,与同事隔绝;回到家里,钻进钢筋混凝土建筑里,与邻居隔绝;虽然有那么多"志同道合"的网友,却天各一方,又被时空隔绝……生活在如此"隔绝"的世界里,手能不寂寞吗?你瞧,老天爷终于找来麻烦了!

王积木想:坏事也可以变成好事;正好借此机会,好好同人接触接触。

于是,王积木立即向网友发出求助信,希望定时见面,亲自握握手。

可网友们没有正面答复,而是展开了网上讨论,一致认为网友就是网友,在网上是朋友,一旦回到现实生活中,也许就是陌路人,甚至是仇人也说不定。就如搓麻将、斗地主一样,牌友归牌友,一旦不打牌了,就什么也不是。至于天南海北,见一次面如同旅一次游一样不方便,倒在其次。王积木气愤地想:患难见真情啊,这是一群什么玩意儿!"咔、咔、咔",几声点击,"网友"全从"好友名单"上消失了。

王积木又想到了同事。便每天驱车早早赶到公司,站在楼梯口迎候。同事一来,就主动伸出手,向人家问好:"早啊!"

然而,同事们莫名其妙。同事甲问:"最近提升啦?什么职务?是负责人事管理吧?"

王积木说:"哪里啊,就是想同大家握握手。"

同事乙说:"最近王积木怎么老是怪怪的?天天在一起握什么手?"

同事丙说:"这小子莫不是想升迁,来笼络人心?抑或做了什么缺德事,想沾点人气?"

同事们私下议论之后,王积木再想同大家握手,比登天还难——他们把手插进兜里,简单地同他应酬一句就匆匆走进自己的小单间里。

"真是以小人之心度君子之腹!"王积木恶狠狠地骂道。

但他的双手却剧烈痒痛起来。

王积木又想到自己的邻居。一想到邻居,王积木就更没有底气。到现在,邻居是什么样儿都没有弄清楚。平日在楼道上,也经常与人见面,至多彼此点个头；至于谁是真邻居谁是假邻居，谁住此家谁住彼家，就不得而知了，他也不想知道。

现在，王积木只得去敲邻居的门。"咚、咚、咚"，门开了一条缝，一个脑袋伸出来问："找谁呀？"

"啊，我是你的邻居，就住隔壁。"王积木点头哈腰说道。

"哦，欢迎欢迎。"门大开。王积木赶紧和他握手。两人进去聊了一会儿。

然而，再敲邻居的门，邻居就不再与王积木握手，而是做了个请进、请坐的手势。王积木没有达到目的，只得进去枯坐片刻。两人彼此注视着，却怎么也找不到话题。没有共同语言的会见是多么难堪啊！

痒痛的感觉，像虫子一样无时不在噬咬着王积木的心。

王积木一咬牙，干脆在大街上挂一横幅，上写：你与我握手，我送你现金。王积木站在横幅下面，伸出一只手候着，面带微笑。许久，才有一个胆大的把他上下打量了个遍，掏出放大镜察看他的双手。围观者纷纷靠近，不时议论道：

"花钱请人握手，这人脑子有问题吧？"

"就算患了皮肤寂寞症，难道就找不到一个能握手的人吗？"

"天上不会掉馅饼。小心，这种病可能传染。"

这是第一天的情景。第二天、第三天，一百元变成了二百元、三百元。不仅没有人斗胆来握手，连围观的人也日见其少。

"听说他是个疯子！"人们从他身边经过时，偶尔留下这样的一句话。

"你他妈才是疯子！"连日来，烦躁的心情不断地折磨着他，不住的酸痛又使他的坏心情火上加油。他忍了又忍，终于忍无可忍。一声歇斯底里的吼叫，把街上的行人吓得纷纷逃走。

"想跑！"一不做二不休的王积木把愤怒攥在手心，挥起拳头就去追打说他是"疯子"的人，一声声尖叫便回荡在大街小巷。

直到一辆警车停在他身边……

焦虑时代

自从发生了那件事之后，老王就辞职不干了。

老王每天早上挤公交车上班，从家到单位，往往要花费一小时、两小时，甚至三小时，上一次班就像出一次远门。没办法，车越来越多，道越来越窄嘛。这时，老王站在车厢里，除了着急，还是着急。迟到五分钟，扣薪五元，迟到十分钟，扣薪二十。老王哪天都得扣除三分之一的工资，他能不着急吗？

好不容易赶到公司，还是着急。竞争激烈，工作压力大呀。如今的老板，心比锅底还黑，每日的工作量往疯里长，工薪待遇却往狠里扣，不把你的血汗榨干净，决不松手。因此，达不到工作量，又得扣薪。老王每天急得满头起火，嘴唇起泡，腰累弯了、眼睛累瞎了，日薪差不多又被扣除了三分之一。

走出公司大门，加入到浩浩荡荡的下班人流中去，新一轮的跋涉又开始了。马路上挤满了花花绿绿的汽车，红绿灯不断变幻着颜色。车上挤得人呼吸困难，扒手们也在虎视眈眈。想起老伴已准备好了饭菜正等着自己，老王归心似箭，又心急如焚，看到谁都不顺眼。偏偏有些缺德青年在车上大声喧哗，胡乱拥挤，踩了别人的脚还理直气壮。老王实在憋不住了，就对一个强词夺理的女孩儿大吼了一声：

"欠家教吧，你！"

"你才欠家教！"女孩儿反唇相讥。

"啪！"话音未落，老王的一只巴掌就扇了过去，"我替你家长教训教训你。"

女孩儿捂着腮帮子，委屈得大喊大叫，打110招来警察评理，结果折腾了半夜才被放了出来。

回来后，老伴又埋怨又心疼地说："你平时脾气好好的，不温不火，怎么跟人家女孩儿计较起来了？"

老王反思再三，痛苦得泪流满面，骂这班儿简直不是人上的，好端端的一个人，也会上成个火药罐子。

老伴说："从今以后，你在家里静养着，我去上班。"

就这样，老王从公司辞职了。

老王在家里做了"家庭主男"，洗衣服、做饭、料理家务，除了上街买菜，决不出远门。谁知，没清静三天，这颗心又悬起来了。

老伴上班的路，比自己的还远，而路况似乎越来越差。交通电台不时插播最新路况信息，满耳朵都塞满了"拥堵"、"行驶缓慢"、"交通事故"这些字眼。望着一桌子晚餐，过去老伴的那种心情便再现到自己身上了，而且更甚一步。这天晚上，老王正焦急地等着，忽听广播说，××路段发生了汽车追尾事故，造成一辆公交车内多人伤亡，而这个路段正是老伴经过的。老王的心"咚咚"地乱跳。早已过了老伴往日到家的时间，却听不到她的任何消息。老王一着急，亲自骑车赶往事故现场，接着又赶到医院，仍然没有老伴的下落。当他匆匆赶回家，望着早已平安归来的老伴时，老王禁不住放声痛哭。

待老王哭够了，老伴脸一沉，从安慰转向责备，道："你还好意思哭！你自己看看家里少了什么？"

老王急忙擦了把眼泪，仔细一检查房间，发现窗户被人撬开了，柜子也被人动过，抽屉被扔在一边。老王就听脑子里"嗡"的一声，倒在了地上。

醒来后，老王的性格大变，成天提心吊胆，如坐针毡，时刻担心祸从天降：买菜时，担心农药残留，洗了一遍又一遍，直到褪了颜色才罢手；买鸡时，担心禽流感病毒，用微波炉高温消毒三个小时才敢食用；买肉时，担心注了水，不晾成干肉决不下厨；买米时，又担心添加了增白剂，煮熟了先给小猫小狗们尝，没事了才敢动筷子；至于油盐酱醋，不经过专家亲自鉴定过关的决不拎回家……他不敢看法制新闻，电视上一出现那些作案镜头就吓得尖声叫喊，本能地捂起眼睛；更不敢听交通信息，一有交通事故就吓得浑身战栗。晚上，他整夜失眠，好不容易睡着了，却又在惊叫声中醒来，拉开电灯，茫然四顾，然后颤巍巍地去看门窗是否关牢，握着短刀检查房间的每一个角落。接下来，身子一个劲儿抖个不停，再也睡不着了。

老伴看在眼里，急在心头，便也辞了职，和他如影随形守在家里，还专门给他装修了一间密不透风的房子，让他穿上厚厚的衣服，头脸手脚包裹得严严实实，整日待在里面不出门，凡事不让他插手。

可是，刚一入住，老王又抖起来了，连话也说不清了。老伴插好门，和他偎依在沙发上，好言相劝道："你放心！这下什么事也找不到你头上来了。"

抖了半天，老王才呜的一声开口了："孩儿他妈，不好啊！我刚刚听到的消息，新装修的房子甲醛超标，时间一久，就长癌啊。"说完，抖得身如筛糠。

浮躁时代

上学第一天，爹送王不留说："儿呀，读书有出息啊。书中自有千钟粟，书中自有黄金屋，书中自有颜如玉呢。"

"爹，什么叫千钟粟、什么叫黄金屋、什么叫颜如玉啊？"王不留眯着眼睛问。

"千钟粟，就是吃不完的山珍海味呀；黄金屋，就是金光闪闪的大三居呀；颜如玉，就是如花似玉的漂亮媳妇儿呀。"

"可是，老师发的书里，除了密密麻麻的黑字，什么也没有哇。"

"傻儿子，那是让你好好读书呢。读好书就能上好大学，上好大学就能找好工作，有好工作就能挣大钱，有了钱，吃的、住的、媳妇儿不就全有了吗？"

"哦，我明白了。"

王不留得了爹的教诲，不敢松懈，天天背着重重的书包去读书，周而复始，无怨无悔。

读到初中，王不留再也不信爹的话了。起因是大表哥一夜暴富：买彩票中了两个一等奖，奖金一千万。尽管大表哥是蚂蚁钻进书里尿尿——识（湿）不了几个字，仍然住了豪华大三居，顿顿吃山珍海味，还额外开起了进口大奔。

"儿呀，好好读书吧。要不了几年，你就能考上大学，考上了大学就能找好工作，找了好工作就能过上好日子。书中自有……"

"爹，请问大表哥吃的算不算千钟粟呀？住的算不算黄金屋呀？他的女人算不算颜如玉呀？"王不留打断爹的话说。

爹一听，把脸一沉，厉声呵斥道："混账东西！不服你也去买彩票，中了一等奖，我从此不让你读书了。"

王不留被骂得哑口无言，却暗中记住了爹的话，偷偷买起了彩票，花光了自己的所有私房钱也没有中过奖，方知这大奖并不是人人都能中的。

"爹，读了初中读高中，读了大专读大本，等我毕业了，好工作全让先毕业的占去了，何日是个头呀？不如初中一毕业就读技校，早毕业早工作。"一想起还有许多年头等着自己去熬，王不留就觉得苦海无边，不如回头是岸——早日结束这囚徒一样的生涯。

爹知道儿子大了，一年一个见识，骂人再不管用了，就指着家里一头一岁大的牛犊子对他说："看见没有，小牛犊三年之后才能成熟，成熟了才能交配，交配了才能下仔。现在就让它怀孕，有可能吗？"

谁知，王不留一语惊人："可能。"

爹把眼一瞪，说道："那好，我把牛交给你，看它怎么个怀孕法。狗崽子，要是怀不了孕，我打断你的狗腿，然后你拄着拐棍儿去读书。"

"爹，虽然我现在不能让它怀孕，但我会让它提前发情，时间就定在明年。"

"明年就明年，明年它也只有两岁啊。老子喂了一辈子牛，也没见过两岁就发情的。你若赢了，这学你爱怎么上就怎么上，爹不管你了。"

爹断定儿子必输无疑。但王不留却暗中发笑，胸有成竹。因为他最近学习了生理课，知道世间还有生长素、性激素这玩意儿，不仅能使植物早熟，也能使动物早熟。便从药店里购来，悄悄添进牛饲料里。果然，不到两岁，这头小牛就骚动不安起来，眼神专往公牛身上瞅。直到有一天，牛挣断缰绳，跳出牛棚，跑到公牛身边，和它调起情来，并顺利地怀了孕。

王不留的爹从头到尾目睹了这一切，真真切切，毫不掺假，便仰天长叹："天意！天意啊！"天意不可违，只得同意儿子不读高中，初中一毕业就瞒了真实学历，自费读了免试大学，成了学校最年轻的大学生。

王不留读了大学，立即和女同学处了"朋友"，两人在校外租了套三居室，过上了小夫妻的生活。闲时，王不留望着自己的"家"，感叹说："谁说参加工作了才有大三居和女人？我这不是全有了吗？"只是缺一样儿：钱！于是，拼命给爹打电话，催款催物。有了后勤保障，便花天酒地，醉生梦死。

至于读书，去他妈的！前眼看后眼忘，左耳进右耳出，实在受不了教授们的高谈阔论，只待数年之后，混个小本子走出校门。然而，考试总是过不了关，被学校列为差等生，受到警告。临毕业时，王不留东拼西凑抄袭了一篇论文，又被告发。一怒之下，学校给了他最严厉的处罚。

房子退了，女友溜了，学籍也没了。王不留卷起铺盖，灰溜溜地回到自己的老家。一进家门，见爹正在伺候那头早恋牛。牛躺在院子中间，一动不动，一副老气横秋的样子。爹蹲在牛身边，抚着牛的角，泪流满面地说："牛啊，兽医说你是早熟病。也怪你，你牙口还没长齐，就想着大牛的事，你着哪门子急呀，你！"

牛无言。王不留却"哇"的一声哭开了，把爹吓了一跳。

宠物时代

老王二十多年前就迷上了宠物狗，重金购回了一只吉利犬，从此爱不释手，形影不离，走哪儿牵到哪儿，"孙子孙子"地唤着，俨然是自己的第三代直系亲人。

没事的时候，老王就把狗孙子抱到怀里，捧着狗脸蛋，和它拉闲嗑。"乖孙子，你饿不饿？""大鱼大肉还吃得上来吗？""要不要给你找个女朋友？"狗孙子也像模像样地盯着老王，虽然没发出什么声音，但那双大眼珠却不停地变幻着色彩。老王就喜欢看狗眼里不断闪烁的图像，看久了，就看出门道来了。原来，这些图像并不是随便产生的，总是在不同的问题下产生不同的回应。老王试验了无数次，居然读懂了这些图像所表达的真实含义，好像这些图像一进入他的脑海便转换成了清晰的"声音"。

"乖孙子，你饿不饿？"

狗孙子眼里的图像就变成这样的"语言"："还饿呢！天天撑得慌。"

"大鱼大肉还吃得上来吗？"

"早吃腻了，正想换个胃口。"

"要不要给你找个女朋友？"

"想！想！做梦都想找个伴儿。"

老王读懂了狗眼里的图像之后，时不时就和狗孙子交流一回。

"主人，你有没有发现，如今喜欢宠物的人越来越多？"

"是啊，是啊！人情越来越淡了，只有宠物最可靠。"

"所以，你不妨捷足先登，引进一批宠物狗回来，既能大捞一把，也能解决我的婚姻大事，何乐而不为？"

老王闻言，将脑门一拍，说："对呀！还是我的乖孙子聪明。"当即远道批发了一群宠物狗，什么博美犬、贵妇犬、松鼠犬、蝴蝶犬……运回小镇，不久就被抢购一空。

"主人，我们宠物狗都吃主人的剩饭，既不按时，也有损于狗的尊严。为今之计，你不妨投资兴办个宠物食品厂，根据我们的嗜好加工一些食物，既能讨得宠物欢心，也能从中牟利。"

老王闻言，茅塞顿开："狗孙子，你行！还是你行！"当即建造厂房，确定食谱，办了个宠物食品厂，生意果然十分兴旺。

接着，老王又在狗孙子的建议下，兴建了"宠物旅馆"，为那些因主人临时外出而无人照看的宠物提供寄居服务。还兴建了"宠物咖啡馆"，供宠物及其主人临时休息和用餐。另外，"宠物医院"、"宠物服装厂"、"宠物美容厅"、"宠物按摩室"等也应运而生。最令人叫绝的是，老王还开了个"宠物心理诊所"，就是和宠物面对面交流，听取宠物的心声，回答宠物的提问，然后把意见反馈给宠物的主人。这个诊所的医师，只有他老王才能胜任。大凡宠物们撒了娇，闹了情绪，或不吃不喝，就让老王和它交流一回，很快就能把问题解决掉。因此，大受欢迎。

在老王的带动下，全镇大搞"宠物经济"，由镇政府投资兴建的大型"宠物繁殖基地"、"宠物宾馆"、"宠物食品厂"等企业相继上马，年创效益数十亿。老王任"宠物经济开发区"的总顾问，财源滚滚而来，整天忙得不亦乐乎。狗孙子则送到"宠物宾馆"里，任由它和同类们胡闹。据说，因为狗孙子资格最老，还被宠物们推举为"狗王"，可以对大家发号施令。

可是，谁也没有想到，不久就出事了。

一天，老王正坐在办公室里清点本月收入，狗孙子破门而入，从他身上跳到桌子上，朝他汪汪乱叫。老王听出这声音不对，有点不怀好意，就停下工作，仔细辨认狗眼里的图像。

"老王！"狗孙子喊道。

老王吓了一跳！他没想到他的狗孙子居然喊他"老王"，从前它一直叫自己"主人"。

"老王，跟你通报个事儿！我们宠物王国通过了一项共同决议，你听好了。"接着就宣布了这个"共同决议"。

老王听完"决议"，气得拍案而起，破口大骂："你以为你们是谁？一群狗崽子而已。"

"不答应，那就走着瞧吧。"狗孙子趴在桌子上，再也不动弹了。

正在这时，就听门外汪汪声响成一片，还夹杂着主人们焦虑的脚步声。一群人在门外喊："老王老王，王医师！你给瞧瞧，今日这狗怎么啦？不吃不喝，全撒起脾气来了。"

老王笑脸迎出门外，蹲下来同宠物们一一交流，没想到，它们说的全是宠物王国的"共同决议"。

老王气得一句话也不说，"啪"的一声把门关上，回到办公室，质问他的狗孙子道："你们到底想干什么？"

"老王，你也别生气。我只问你一句，离了我们宠物，你们还能大富大贵吗？"

"那又怎么样？"

"我们为了发展地方经济做出了巨大贡献，家庭地位却得不到相应提高，你认为这公平吗？""我们不养宠物了，我杀了你炖狗肉吃！"老王吼道。

"抗议！这严重违犯了《宠物保护条例》，侵犯了我的生命权。"

老王一屁股摔在椅子上，无言以对了。

"老王，"狗孙子眼里的图像突然变得温柔起来，"不就是改个称呼吗？我们还是一家人嘛，你有什么想不开的呢？"

这时，老王的电话突然响起来了，全是他手下的各位厂长在向他做例行汇报。

"王总，这两天宠物食品厂无人问津。"

"王总，这两天宠物宾馆没接待一个客人。"

"王总，宠物服装的订单又被退回来了。"

"够了！"老王扔下电话，眼里的愤怒慢慢化为悲哀，泪水也禁不住在眼里打转。"我服了你，小祖宗！"

"不！不！我不当祖宗，我只希望你叫我狗爷爷。"

"行了！我答应还不行吗？我从此就叫你狗爷爷，狗爷爷！狗爷爷！这行了吧！这行了吧！"老王老泪纵横。

包装时代

八戒来到长安街，忽然看到水果店里新进了一批人参果。招牌上写着：猪八戒吃过的人参果，保你长生不老。八戒心头一热：俺当年太贪嘴了，一口吞下一只，食而不知其味，一直后悔到现在，还被人取笑；俺今日一定要吃它个细嚼慢咽，好好品尝品尝。便扑过去抓起一只。这人参果单个儿装在一只透明的塑料盒里，浑身用彩纸包裹起来，头戴红帽，身穿黄袍，四肢分明，有鼻子有眼睛，活脱脱一只金娃娃。八戒抠开塑料盒，剥开黄蜡纸，却见里面的人参果又干又黑，皱皱巴巴像一具木乃伊，还长满绿毛。扑鼻一闻，八戒就觉得肚子里翻江倒海，"啊"的一声，一口脏物喷了出来。

"哎哟，可熏杀俺老猪了！"八戒喘了一阵气才平静下来，然后一扬手，将人参果扔了出去。不偏不倚，正击中一个人的脑袋。

这人穿一身笔挺的西服，满面红光，眼睛里闪着蓝光。八戒见了，知道麻烦来了，东张西望了一阵，撒腿就想跑。"猪八戒。哪里走？"那人大吼一声。

八戒被人认出，只得站住了，慢慢转回身子，赔笑道："你、你认识俺老猪？"

"大名鼎鼎的猪悟能，家喻户晓，何人不知啊？"

"你想把俺怎么样？"八戒有些心虚。

那人围着八戒转了三圈，频频点头，笑逐颜开，拍手叫道："八戒，得来全不费工夫呀。我要把你包装成一美女，送到本年度最佳美女评委会去，定能捧回大奖。"

八戒闻言，羞得满脸通红，一蹦三丈高，回敬道："拉倒吧！你羞辱俺老猪也不能这样羞辱，谁不知道猪八戒又名丑八怪？"

那人嘿嘿大笑，道："八戒，你误解了我的美意。我且问你，你刚才扔的是啥玩意儿？"

"一只被包装成金娃娃的干臭人参果呗。"

"着哇！一只干臭人参果能包装成金娃娃，你猪八戒为啥就不能包装成美女？"

"是吗？"八戒动心了，"请问你是干啥的？"

"我姓爷，现任金光闪闪包装公司总经理。这回你相信了吧？"

"你打算怎么个包装法？"

"请跟我来。"

八戒跟了爷总经理，来到金光闪闪包装公司。爷总请八戒坐下，说道："要参赛，你就不能叫猪八戒，要改名为朱八姐。"

"是要改！是要改！"八戒认可了。

"然后，再解决你的肚子问题。"

八戒摸了摸大肚皮，担心地说："是啊，哪位美女不是苗条身段？俺这肚皮，你不会用皮带勒起来吧？"

"恐怕也无济于事。请问美女在什么时候会变成一只大肚皮？"

"什么时候？除非身怀六甲。"八戒嘟囔道。

"回答正确！现在你朱八姐就是一位有孕在身的美少妇。"

"可是，就凭我这副蒲扇耳朵，也能吓人一跳呀。"八戒道。

"别着急！"爷总捧出一只五彩羊绒编成的花帽戴在八戒头上。"这是一顶孕妇帽，请照照镜子，你那对招风耳朵还能看得见吗？"

八戒一看镜子，果然一对大耳朵被挡得严严实实。八戒问："爷总，还有俺的猪拱嘴呐，难道你也要包起来？"

"那样,你就变成一个重伤员了,有失雅观。不过,你要用手把它遮起来。请问一位孕妇在什么时候会捂起自己的嘴巴?"

"那还有问?害臊呗!"八戒笑道。

"没错。来,彩排一下看看。"

八戒按爷总的吩咐,迈着碎步,羞羞答答、扭扭捏捏,果然像一位将为人母的小妇人。喜得爷总摇头晃脑,连声叫好:"八戒,你的悟性不差呀。来,再让我把你脸上的皱纹填起来,让它变得白嫩些、光滑些。"

"你不会让俺去整容吧?"八戒问。

"明天就得上场,来不及了!"爷总掏出一只半尺见方的大盒子,扬了扬,"这是新出产的高档化妆品,只要把它全部抹在你的脸上就万事大吉了。"

却说选美这天,无数美女登台亮相,个个扭动腰肢,挤眉弄眼,有的把一对隆过的大乳峰半遮半掩地展示出来,有的把一副特大号屁股撅给台下的评委们看,有的摆弄着一头被染过的乌发,有的掐起做过抽脂手术的小腰……八戒是最后一个上场的——这是爷总的特意安排,为的是让眼球犯困的评委们心头一亮。果然,那穿一身宽大孕服的"朱八姐",朝台上一站,一手抚着肚皮,一手捂着嘴巴,欲娇还羞、欲扭还捏的造型,引来了评委的热烈掌声。

"这、这也是美女?"个别评委不太理解。

"我支持!如果说少女是含苞待放的红玫瑰,那少妇就是蓓蕾初绽的郁金香,请问是花蕾清香四溢,还是花朵香气袭人?"

"是啊,是啊。那朱八姐身怀六甲,既饱含即为人母的甜美,又残存着少女时代的羞赧,成熟中透出娇稚,华丽中不乏清纯,就像百花丛中最先开放的花儿,可谓独树一帜。纵有不如意的地方,也算鹤立鸡群吧。"

"我看,这最佳创意奖非她莫属。"

"……"

经过评委们的投票表决,八戒如愿以偿,获了最佳创意奖,捧回了这次大赛的金杯。怕爷总找他要提成,八戒偷偷溜出来,打算逃之夭夭。他想：这只金光闪闪的金杯，少说也由半公斤黄金铸成吧？按目前的兑换价，一克值一百元，五百克就是五万，俺老猪可发了大财。一看左右无人，八戒便敲敲金杯，想验证一下黄金的成色。不料这一敲，不仅听不到金属的响声，还敲出了一个大窟窿。八戒定睛一看，这哪是什么金杯？分明是一只纸杯，上面刷上一层黄漆而已，里面装的全是烂纸屑。

"晦气！俺老猪忙了大半天，才得了这么个劳什子！"八戒一撒手，"金杯"就飞了出去，不偏不倚，正击中一个人的脑袋。八戒知道麻烦来了，撒腿又想溜。

"八戒，你怎么把金杯给扔了？"原来是爷总。

"我正要找你呢。你好好瞧瞧，那到底是啥玩意儿吧。"八戒撅着嘴巴，生气了。

"不用瞧了，这金杯是我做的，这次选美活动也是我策划的，我怎么会不知道呢？"爷总笑道。

"你这不是吃饱了撑的吗？你图个啥？"八戒指责道。

"八戒，你有所不知。你猜猜这次有多少美女报名吗？整整十万人呐！每人收取报名费一千元，我整整赚了一个亿。"

"那你怎么没有收我的报名费呀？"八戒不信。

"别人的能收，你八戒的我不能收。"爷总掀掉假发，取掉隐形眼镜，剥开脸上的拉皮，露出一脸猴毛。"呆子，看看俺到底是谁？"

八戒定睛一瞧，乐了："猴哥，原来是你呀。"